# 療心咖啡館

# A Café for Hearts

吳若權

陪你杯測人生風味

# 目次
contents

## Part 2 成長，全心傾注的守護



## Part 3 幸福，是淬鍊後的芬芳

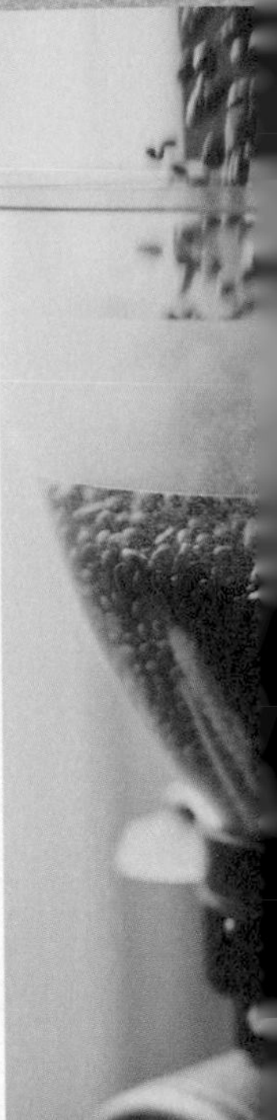

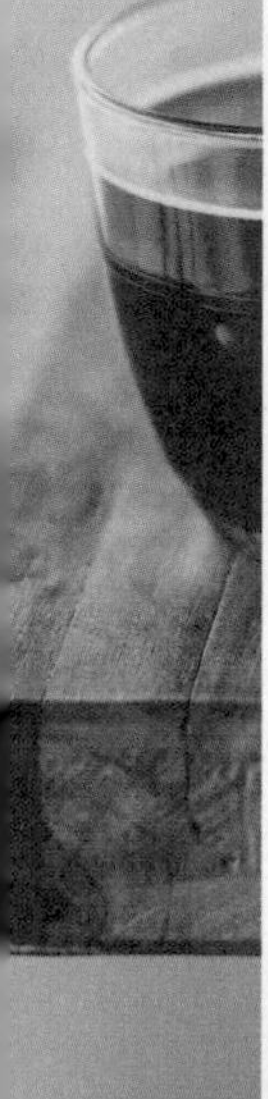

# 自序 在療心咖啡館，杯測人生風味

這是一家療心咖啡館，陪你杯測人生風味，體會所有的甜蜜與滄桑。

請你打開心房的大門，對自己說：歡迎光臨！

往事歷歷，都如微風輕動。熟悉的氣息，有感動，也有感傷，甚至一時之間無法分辨，是哪一個深刻或輕淺的成長事件，標記哪一個喜悅或悲傷的情緒標籤。

但沒關係，就坐下來吧！陪自己喝一杯，療心咖啡。

當飛揚過的青春，在時光中慢慢沉澱，你終將知道：過去與未來，好的與壞的，愛的與不愛的，記得的與不記得的，都將在酸甜共振間，層次分明地一一迴流於心田，未必要等到苦盡才能回甘。萬種風情，千百滋味，就在一啜一念裡，完整了自己。

還記得：你生命中的第一杯咖啡嗎？或第一次陪你喝咖啡的人是誰？誠如工作、友誼或愛情的啟蒙，或許他沒能陪你走到最後，卻在你心中播下一顆夢想的種子，你因而隨之成長、茁壯、綠蔭成林。

某一天，他離開了，你幸福了。人生，常常就是如此。

從開始喝咖啡、喜歡喝咖啡，到懂得喝咖啡，我們在生命中浪跡天涯了多少年，才慢慢知道咖啡裡說不盡的風味，原來都是人生的滋味。

對飲食風味的覺察，來自味蕾；而人生歡喜悲愁的滋味，只有靠自己慢慢

從開始喝咖啡、喜歡喝咖啡，到懂得喝咖啡，
我們在生命中浪跡天涯了多少年，
才慢慢知道咖啡裡說不盡的風味，原來都是人生的滋味。

體會。

殘酷的事實卻是，我們總要承受過最深刻的痛苦，才漸漸明白最極致的喜悅。到最後，連嘗盡痛苦，都能品味幸福。足以得到所有，也能放下一切。猶如望著桌上那只剩殘餘痕跡到可以用來占卜的咖啡杯底，終於體會「空無，就是圓滿」的意義。

這幾年來，我有機緣暫時放下繁忙的公務與家務，深入各國產地研習咖啡，同時考取多張咖啡師證照，有機會跟許多專家學習，再回到一般人喝咖啡的立場，發現我每向前走一步，就必須更放下多一些。

在咖啡教室裡，我重回學生的身分，跟著比我年紀小一半的老師學習。後來，我們成為很好的朋友，她才說：「第一次幫你上課時，我壓力超大的！」人到中年才來學拉花、烘焙，很多不知情的同學，都以為我在為二度就業做準備，名符其實成為「高校實習生」，並非沒有壓力，是因為懂得放下。

最難放下的，其實不是年齡或身段，而是自我的執見。

這種情緒，我很能理解。在其他我所專長的領域，行銷、寫作、管理、靈

性、療癒，我也經常開課，課堂中同樣會碰到比我年長很多的學生。我非常佩服他們的學習態度，深深明瞭：要把自己重新歸零，需要多大的勇氣。

就像到目前為止，有關咖啡的栽植、處理、研磨、烘焙、調製，持續都有新的觀點、新的理論、新的技術，我從未以自己的所知所學去和別人爭辯是非，因為所有「眼耳鼻舌身意」的體驗，只是起步；要到「無智亦無得」，才是真正的境界。

人生，真的很不容易！咖啡，亦復如是啊！

業界有一句話：「從種子到杯子。」（from seed to cup）講的是咖啡的歷程與步驟。每個人對咖啡，可以有不同的偏好；但每一杯咖啡，都因為獨特且得來不易，而值得受到尊重。

一杯新台幣幾百元的精品咖啡，和一包十幾元的即溶咖啡，都來自農民辛苦的栽種，經過超過十個以上的作業程序，千里迢迢來到我們的面前。市場的價格，或有高下；靈魂的體驗，沒有貴賤。

每個人都可以試著從咖啡的開花、結果、處理、烘焙、研磨、萃取，回想屬於自己從年少到成熟，一路跌跌撞撞的人生百味。

除了寫作、廣播主持、企管顧問，我還必須經常以兼具「咖啡師」與「療癒師」的雙重特質，傾聽自己的心聲與別人的故事。之前，我的療癒工作多半在咖啡館裡進行。無論面對的是完全陌生的案主，或是親朋好友，同理別人心事的過程，也在重新審視自己曾經有過的創傷。

真正能提振生命能量的，並非你在字面所熟悉的「咖啡因」，而是珍惜生命中所有人際遇合如咖啡般的因緣；所謂的「咖啡癮」，也不是化學作用的欲罷不能，而是在拿起後願意放下的一念又一念。

每一杯咖啡，都有一個故事。深入研習咖啡，再加上自己調製咖啡之後，更發現每一個故事的靈魂深處，都有一個期待被了解的自己。

夜未央，療心咖啡館不打烊。在這裡，你將會和過去的自己重逢。而重逢，往往未必是要再續前緣，只是為了一次完整的告別，彼此迎向新的人生。

一盞一盞像是懂得你所有心事的闌珊燈火，即使癡心等到黎明，仍傻傻地為世間所有懷抱愛與希望的人而點亮。

《療心咖啡館——吳若權陪你杯測人生風味》是我的第一百一十二部作品，從探索咖啡的朝聖之旅出發，回歸最真心的自己。

Coffee

# — Part 1 —

# 啟程，
# 是療癒的開始

所有美好的、傷痛的曾經，
都像是一杯濃郁的咖啡裡，
蘊含的千百種滋味。

起源

「啡」比尋常的啟緣

# 所有緣分的種子，都深埋在最初啟程的地方。

五歲那年，父親煮的一壺咖啡，留下的餘溫，
讓我在歷盡艱辛的歲月中不斷回到童年，
療癒長大後仍有創傷未癒的自己。

# 對榻榻米上的咖啡恭謹以對，愛的印記不留痕跡

冬季晴好的夜晚，庭院角落的火爐裡，晒乾的玉米心燃起微光赤焰，混雜榻榻米地板獨有的氣息，徐徐穿過日式房舍的長廊，漫漫鋪展於素樸淡雅的空間。

五歲的男孩手中的松毬，是他此刻唯一的玩具。那是白天冷冽的寒風吹過濃密松針的隙縫時，墜落於山間小路的毬果，對於剛從城市遷居到此的他，是新奇而神秘的禮物。

山上白天的溫度，比平地還低六、七度；太陽下山之後，日夜溫差更加懸殊。幸而當地並不多雨，高海拔的乾冷空氣，極似在高緯度地區的呼吸，因為天寒地凍而能從口中吐出白色的煙圈，溫暖著人與人之間不黏不膩的距離。

寡言的父親下班後，日復一日席地坐在榻榻米地板排撲克牌，手邊是一只內膽鍍著水銀的保溫杯，裡面沏著濃郁的台灣烏龍，仿著武夷山茶的滋味，安慰著他少小離家的鄉愁。

一年之中，唯獨很難得少有的夜晚，父親會小心翼翼地搬出飛利浦咖啡壺，像拆開珍貴禮物包裝般取出咖啡粉，專心一致地操作器具，然後等待暗深琥珀顏色的汁液，穿過中間的過濾層網，滴滴答答墜落於透明玻璃壺中，像松毬義無反顧地隨風飄向大地。

這是我童年中印象非常深刻的畫面。

大人在咖啡中品嚐著生活裡酸苦甘甜的百般滋味，
抿著千萬風情不必細說的含蓄。
孩子們猶未真識人間愁滋味，任由燙口的好奇，探索未來的世界。

在那一幢公家單位分派的日式宿舍裡，安靜而繽紛的情景，至今猶如虛擬實境般歷歷在目。除了松林的微風和落葉，沒有太多嘈雜的聲音，卻層層堆疊著幸福的記憶。

平日父親每天把茶當水喝，只有心血來潮的時候，才會煮上一壺咖啡，即使在深夜，也不會因為擔心擾眠而打消念頭。

熱騰騰的咖啡，搭配幾個精緻的馬克杯，像講究茶道般恭謹地擺在榻榻米上，一家大小湊合著啜飲。那份知足的品味，既隆重又莊嚴，彷彿委婉地複習著擁抱時才有的溫度，但又愛得不露痕跡。

長大之後，我才知道父親是處女座；而我竟來不及告訴他，我在那份恭謹裡學到對人生的敬畏。

大人在咖啡中品嚐著生活裡酸苦甘甜的百般滋味，微蹙眉頭、揚起嘴角，抿著千萬風情不必細說的含蓄。

孩子們猶未真識人間愁滋味，任由燙口的好奇，探索未來的世界。就算只是半知半解，也能明白這簡簡單單的一壺咖啡，已經是滄桑年代中最低調的奢華，是一場最靠近心靈的饗宴，裡面有父親漂泊半生的孤獨寂寞，以及想要分享卻不必多言的心情。

在這個家裡，從小我就知道：茶飲，是一般日常；咖啡，是「啡」比尋常。

# 不喝咖啡？
# 是不是因為從未喝過好咖啡

小學畢業後，舉家遷移，搬回台北定居。

接著有好長的一段時間，幾乎有十年那麼久，我們沒有在家裡喝過咖啡。經濟的困頓拮据，讓原本應該安定的生活充滿顛沛流離，連塵封在紙箱中的飛利浦咖啡壺，都隱身在壁櫥裡，不忍提醒這個家庭裡任何一個成員，在辛苦掙扎打拚中回顧過往曾有的簡單幸福。怕那樣的眷戀，增加無濟於事的傷感，阻礙繼續向前的勇氣。

咖啡，教人近鄉情怯。

在刻意不喝咖啡的日子裡，讓我以為這樣做，就可以忘記自己的膽小懦弱。而我終究是要經歷過更多的痛苦，才能明白藏在往事裡的甜蜜。那些自以為是的脆弱，總要到有能力面對的時刻，才會發現其中的力量。

旅居巴黎工作的期間，甚至任性地告訴同事，我不喝咖啡。

每個週末下午，我坐在百年歷史的咖啡館前，嗅聞著童年的幸福滋味，卻讓它如此孤單純粹到可以斷然地與世隔絕。

回台灣的前一晚，寄住朋友家中，他耳聞我不喝咖啡，清早匆匆忙忙跑一趟超市，幫我買了一罐上好的紅茶茶葉回來沖泡。

他沒有評論，只是笑笑地說：「你不喝咖啡唷，是不是因為從來沒有喝過真正的好咖啡？」

終究是要經歷過更多的痛苦，才能明白藏在往事裡的甜蜜。
那些自以為是的脆弱，總要到有能力面對的時刻，
才會發現其中的力量。

或許在此之前，我真的沒有喝過所謂的「好咖啡」，例如專家指定知名莊園的精品咖啡。但在那幢日式房舍裡，跟榻榻米氣味一同進入鼻息的咖啡，已經是我心中的極品。

曾幾何時，我努力遺忘那樣的滋味，是為了不再有任何遺憾的連結。咖啡，再度回到我的世界，已經是靠著努力工作，改善家庭經濟，重建自信之後的年紀。當雀巢與麥斯威爾的廣告充滿市街，正好也是我重溫幸福的歲月。

一般人提到咖啡最早的起源，都不能免俗地提到牧羊童的故事。在西元七世紀，衣索匹亞的牧羊童卡狄（Kaldi），偶然間發現羊隻吃到外觀有如櫻桃般鮮紅欲滴的咖啡果實，而變得活蹦亂跳很有精神。他將這種果實分送給修道院的僧侶們，吃過的人都覺得神清氣爽。隨後，阿拉伯人發現咖啡能使人消除疲倦感，成為神職人員的秘藥，並且開始有計畫地栽植與食用。

你跟咖啡的緣分，是從什麼時候開始的？你還記得生命中的第一杯咖啡嗎？對我來說，咖啡真正的「啟緣」，卻是五歲那年，父親煮的一壺咖啡，留下的餘溫，讓我在歷盡艱辛的歲月中不斷回到童年，療癒長大後仍有創傷未癒的自己。

# 咖啡，充滿靈性能量的植物

這幾年來，因緣際會之下，在報考心理諮詢師的同時，我也開始準備世界精品咖啡協會（SCA, Specialty Coffee Association）咖啡師執照的考試，至今已經通過中國與英國心理諮詢師認證，並獲得SCA咖啡師七張執照，取得以統合身心靈、連結意識與潛意識技術的美國Psych-K促成者資格。

其中，有幾項重大的考試，都正好在母親罹癌接受治療時進行。被家庭照顧與例常工作填滿到分身乏術的我，以自己都無法想像的驚人毅力，完成這些別人眼中不可能同時進行的任務。

本來以為這只是自己不同面向的興趣，延續童年因為好奇而對未知世界永無止境的探索，沒想到無心插柳的各種學習，交織成一張柔軟強韌的網，救贖了需要深度療癒的自己。

每件事情的發生看似偶然，其實連結起來就會發現它是必然。

就像咖啡是充滿靈性能量的植物，從土地栽植、開花結果，到處理成生豆，千山萬水來到此地，經過烘焙與萃取，成為眼前的一杯飲料，是無數人共同創造的奇蹟。

我花幾年的時間探究研習，在了解這個曲折感動的過程中，同步體驗到的是千百年來的生命哲理與處世智慧。

回首來時路，尤其當我取得各項證照，重新面對一杯咖啡時，心中油然升

（每當有人問起眼前的這杯：「好喝嗎？」
真正愛咖啡的人，常常只能報以雲淡風輕的微笑。
我能說的，你能懂的，都不必多言。

起的謙卑，反而更有勇氣面對自己的軟弱。所有美好的、傷痛的曾經，都像是一杯濃郁的咖啡裡，蘊含的千百種滋味。

原來，所有緣分的種子，都深埋在最初啟程的地方。

每當有人問起眼前的這杯：「好喝嗎？」真正愛咖啡的人，常常只能報以雲淡風輕的微笑。

我能說的，你能懂的，都不必多言。我不能說，你不會懂得，就更毋須贅述。

「此中有真意，欲辯已忘言。」

於是，我常想起父親在榻榻米上沖煮咖啡的身影，如此淡定、安靜，儘管能夠擁有的是那麼稀少，卻因為心無所求而滿足豐盈。

始料未及地，一杯咖啡濃濃的香味，昇華成無限想念的氣息，依然徐徐穿過記憶的長廊，漫漫延展為半個世紀的懸念，迴盪在亙古寂靜的時空中。

萬種風情，
千百滋味，
就在一啜一念裡，
完整了自己。

# 咖啡新手入門

**新手適合喝什麼樣的咖啡？**

咖啡的口感，其實不分新手或老手。每種咖啡都有它本身的特點，同一個莊園的咖啡，不同年分或是不同處理方式，味道都會有差別。即使是同一批咖啡，烘焙手法不同，沖煮器具不同，都會造成口感上有很大的差異。新手在選擇咖啡時，可以多嘗試各地區的咖啡，無論是非洲的、美洲的、亞洲的，不要有先入為主的喜好，你必須喝到一定數量的咖啡後，才會找到自己真正喜歡的類型。

**怎麼辨別咖啡的新鮮度？**

**嗅聞：**只要是夠新鮮的咖啡豆，研磨後會釋出芳香。很多人都喜歡聞磨豆時的香氣，稱為「乾香」。咖啡豆經過烘焙，有很多植物裡的芳香因子，大約有六百到八百多種的精油揮發物。咖啡豆烘焙後放得愈久，芳香因子就會揮發掉，這道理就像香水一樣。而且採用深烘焙的豆子，烘過之後會出油，放久就會有油耗異味，令人不舒服。

**觀看：**新鮮的咖啡，沖煮時會有咖啡油脂跑出來，就是上面白白的一層 cream。若不新鮮，就沒有這層油脂，是因為放太久而氧化掉了。

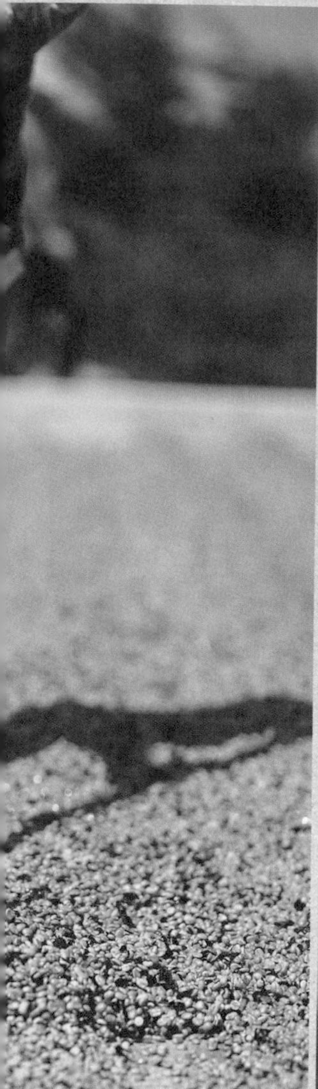
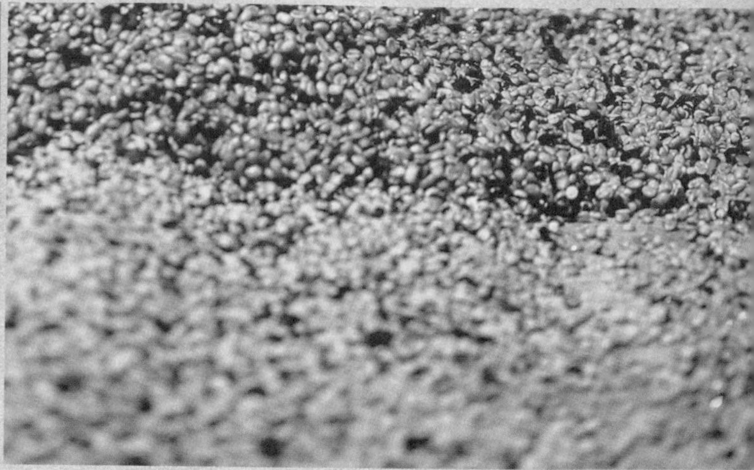

朝聖

洗淨鉛華的靈性旅程

# 離開紅塵愈遠，回到內在愈深！

一趟咖啡的朝聖之旅，
在夢幻與真實之間，
考驗著我對生命意義的解答能力。

# 在探訪咖啡途中，重新溫習旅行的意義

即便在三萬五千英呎的高空中，還是有一種非常夢幻的感覺。我，人在哪裡？我，就這樣出發了嗎？

從小到大，每夜睡前，闔眼的剎那，常覺得宇宙間，還有另一雙眼睛，正在凝視我。

他說：眼前這一切都不是真的。我的一天，只是他那裡的一瞬間。

我並不感到害怕，只想著有一天可以跟他相見。

每當碰到太幸福、或太痛苦的遭遇，我都會很本能地反問自己：「這是真的嗎？我在作夢吧？」奇妙的是，此刻，在這個燈光熄滅的機艙裡，究竟是太幸福、或太痛苦呢？為什麼我會問這個問題？

如果這是一場夢境，遺世獨立的時間太長，以至於很多時候，分不清楚哪一個我，才是真的。

從台灣的桃園機場出發，飛到美國洛杉磯轉機，抵達哥斯大黎加的首都聖荷西市，超過三十小時的飛行。填寫海關入境資料的時候，我的心頭還是顫顫巍巍於這個欄位——旅行的目的？

我是為探訪咖啡而來！

沒錯。這是標準答案。然而，我大部分的人生，都沒有活在標準答案裡。這次旅行的目的，還會是什麼呢？

意義深長的旅行，像是醞釀多年的美酒；
放下世俗的身分，我可以是自己，也可以不是。

即使旅行結束，我都未必全然知道。

意義深長的旅行，竟像是醞釀多年的美酒，後勁出乎意料之外的強。相形之下，海關入境資料欄位太短，卻傾盡餘生都未必能夠寫完。

我只能隔著機艙的小窗，在明明是台北時間的夜裡，看著雲海與陽光鋪陳於眼前。三十個小時的旅程，彷彿讓我跨境到另一個平行的時空。

現實與夢境，時而重疊，時而獨立。放下世俗的身分，我可以是自己，也可以不是。頻道可以隨心切換，體會到一種很夢幻也很真實的自由。

## 循著世界地圖的咖啡學習之旅，向內心叩問生命更多的可能

母親中風後的這二十年來，身為居家照顧者的我，很少安排超過五天的長途旅行。唯一有過的機會，是四年前重返巴黎的那十天。回台灣後，意外寫成《每一次出發，都在找回自己》（皇冠出版），我以為再也不會允許自己任性出遊。

畢竟，為了尋夢而離家，是年少才有的特權。熟年以後的人生，還能有幾次壯遊呢？對現階段的我來說，算是一種遙不可及的奢求。

自從考過ＳＣＡ咖啡師執照，投入在這個領域的學習愈多。只要母親身體狀況可以的時候，常陪著她以「尋咖啡，訪好友」之名四處遊走。

次數多了、時間久了，母親漸漸懂得品味咖啡，從一般人最能接受的拿鐵，到行家才懂得鑑賞微酸的黑咖啡，她都非常樂於嘗試。唯獨對於兒子即將成為咖啡師這件事情，充滿疑惑。如同之前我去考中國心理諮詢師證照，她彷彿百思不得其解，一有空就問：「你又要轉行嗎？」

要怎樣讓傳統的媽媽，了解她一旦生養水瓶座的好奇寶寶，就會有毫無止境的問號？孩子探詢充滿疑惑的世界；母親期盼讀懂孩子的動機。而很多答案，我們其實究其一生，也還在追尋。

倒是她聽說我有機會，可以跟著一群咖啡專家，前往中南美洲考察各大農

孩子探詢充滿疑惑的世界；母親期盼讀懂孩子的動機。
而很多答案，我們其實究其一生，也還在追尋。

莊時，就跟著開始興奮起來。即使後來她弄清楚，我因此必須離家超過十六天，仍然非常鼓勵我參加。

在慎重考慮的過程中，她極力勸說，要我放心出去，不用擔心她。我以為這是基於她對我的愛與成全；直到出發前一晚，我說：「您要好好照顧自己。」她勉強撐著微笑，無法自抑地落下眼淚，我才知道母親真正的心情，其實是因為多年來久病纏身的愧疚。

天下沒有一個母親，願意用自己的病體，綑綁住孩子尋夢的決心；但日常已成習慣的依賴，卻在放手的這一刻，因為軟弱而看見真情。

那兩行突然落下的眼淚，讓我讀到她內心的恐懼與無助。即便如此，這就是我們母子必須要各自經歷、也要共同練習的課題。

放手，並不是為了不讓對方有繼續依賴的可能，而是訓練自己獨立的能力。

探索咖啡，對一些未解世事的年輕孩子來說，可能是一種夢想的追尋。無論是到處走訪有特色的咖啡館，或是自己開一家品味獨具的咖啡店，都充滿浪漫的情懷。還聽說有些中年人，退休之後立刻開了咖啡館，彌補半生未竟心願的遺憾。對我而言，循著世界地圖展開咖啡的學習之旅，是對於人生解答的追尋，向內心深處叩問自己生命更多的可能。

# 千里之外的莊園，一生懸命的驕傲

這是一趟咖啡的朝聖之旅。即使出發前做足功課，一路碰到的挑戰依然艱辛，而事後的收穫也遠遠超過預期。不只是咖啡的專業知識而已，還有一些超乎過往的體悟，從旅行結束後的那天到現在，仍療癒著自己。

儘管出發前，已經從幾位前輩身上聽聞，將會是一次「爆肝」的行程。因為精品咖啡的產區，都分布在至少海拔一千五百公尺以上的深山裡。地勢險峻、交通困難、路途崎嶇。三餐食物，大多是紅豆飯與炸香蕉。

而且，從清晨到深夜，沒有購物、沒有觀光，只有杯測、杯測、杯測。

但這個專業咖啡考察團，每年還是有很多從業人員極想報名而無法如願，也有幾位專家每年都像候鳥般準時報到，可見它充滿傳奇的魅力。

果然，會教人覺得不虛此行的，除了對咖啡的熱愛，更是由於為這份熱愛而付出的艱苦，真的刻骨銘心。

花了十二天的時間，每天清晨五點起床，到夜間十點才回到小木屋房間。不遠千里，跋山涉水，從哥斯大黎加到巴拿馬，造訪世界知名的大大小小農莊超過二十座。其中有崇尚有機耕作的獨立小農，也有規模宏偉的集團式企業，更不乏每年生產頂級咖啡的家族世襲莊園。

不同的產區，各有不同的特色，但都共同具有強烈的紫外線和陡峻的山陵線。無論是外貌謙卑的當地小農，或是傲氣逼人的貴族莊主，都因為種出獨特

眼前的一杯咖啡，
帶給你唇舌味蕾勾魂攝魄的風味，
是無數人共同創造的奇蹟。

的好咖啡，而充滿內斂的自信。他們長年居住在深山裡，沒有繁華的市街和世俗的娛樂，一生懸命於咖啡的栽種與處理，別無他想。

許多農莊都有和實情相符的名稱，帶著浪漫的氣息。

因為莊園裡有很多螢火蟲而得名的「小燭咖啡」，牆上還掛著供貨給全球知名連鎖咖啡店的麻布袋；「神父咖啡」來自一位充滿愛心的天主教神父，為扶植小農產銷而盡心盡力。

多次獲得咖啡世界冠軍及大獎的「翡翠莊園」，則是如神話般的奇蹟，它在咖啡界的地位，如同在紅酒世界裡的羅曼尼・康帝（DRC, Domaine de la Romanee-Conti）一樣深獲好評。以保育環境聞名的「哈特曼莊園」，出產品質一流的咖啡，還榮獲友善鳥類認證，通過美國有機USDA檢測。每年所有產量都被國際烘焙大廠全包，只留一個批次到台灣。

一棵咖啡樹苗，要經過土地的滋養、日照的撫慰、風雨的淬鍊，才能開花結果。宛若紅寶石璀璨的咖啡櫻桃，必須在悉心採收後，遵從傳統工法、並加入創新概念的處理，才能去肉脫殼，得到完美無瑕的咖啡豆。再加上烘焙師的心血與智慧，磨研的斟酌、萃取的技術，終於呈現出你眼前的這一杯咖啡，帶給你唇舌味蕾勾魂攝魄的風味。

離開紅塵愈遠，回到內在愈深。繞了地球半圈，令我感到熟悉又意外的是，不同咖啡莊園的每一處場景，都像是回到童年成長的山上。豔陽、泥土、微風、落雨、飛鳥、樹蔭……，召喚著心靈深處曾有的遺憾與滿足。

這是一段靈性的旅程，在物質享受愈貧瘠的每一刻，就愈能打開小我與高我連結的天線。

我平日很少做夢，旅途中卻連續兩個晚上，夢見行動不便的母親，從社區大火現場逃出，帶著微笑看著驚魂未定的我。

醒來後，我一直以為是我對母親放心不下的緣故；直到回到台灣的第二個星期，母親突然身體不適入院檢查，被診斷為末期癌症病人。

當我風塵僕僕從巴拿馬回到家，還來不及收拾好所有的行李，緊接著開始另一段全新的旅程，陪伴母親治療癌症，前後住院將近一年，母親奇蹟般痊癒，全身多處惡性腫瘤都已消除。

顯然，這段研習咖啡的朝聖之旅，並未隨著飛機返抵台灣而結束；它開啟了真正探訪心靈更深刻的功課，繼續在夢幻與真實之間，考驗著我對生命意義的解答能力。

# 認識咖啡產區

以赤道為中心，南北緯約 25 度之間的熱帶、亞熱帶，是最適合栽種咖啡的區域。落在此「咖啡帶」內的三大產區，分別為亞洲、中南美洲及非洲。全球咖啡生產國約七十國，近年十大的排名依序為：古巴（約佔全球總供應量 40%）、越南（約佔全球總供應量 20%）、哥倫比亞、印尼、宏都拉斯、衣索匹亞、印度、秘魯、墨西哥和瓜地馬拉。上述地區的共同點是：溫度、年雨量近似，還有充足的陽光和肥沃的土壤。

| **產區** | **咖啡風味** |
|---|---|
| 亞洲 | 略帶香料或甘草香氣，口感醇厚且酸值低 |
| 非洲 | 奔放的花果香，明顯的檸檬及柑橘調性，口感輕柔且酸值高 |
| 中南美洲 | 典型的咖啡香氣代表，具可可及堅果味，酸度適中 |
| 海島型 | 入喉如奶油般滑順口感，調性平順溫和 |

杯
測

味蕾在唇舌間舞蹈

# 辨識風味的能力，
# 不只靠味覺，
# 還有賴成長記憶。

時間、溫度、濕度改變，
甚至是心情的不同，
讓每一杯咖啡都是唯一、也是最獨特的一杯。

# 和一杯簡單的咖啡，開啟味蕾的豐富對話

彩虹有紅橙黃綠藍靛紫七個顏色，情緒被歸納為喜怒哀樂四類面向；而我們口中熟悉的味道，會有幾種呢？

堅果、杏仁、柑橘、檸檬、葡萄柚、藍莓、百香果、奶油、黑巧克力……，以上這些只是咖啡風味的部分舉例，相關的味道標籤可以細分到一百種以上。

人生百態，風情萬種；咖啡，又何嘗不是。

當我正在學習啜飲咖啡，每一口都能想像到一個畫面，各種風味彷彿豐沛的大雨降在叢林，讓味蕾在唇舌間跳舞，而它們要怎麼出場、如何迴旋、設計收尾，才會有最佳的表現？

咖啡，從聞乾香、濕香，到入口之後的前段、中段、尾韻，以及口感，層次分明。它不只是味覺的甦醒，也是靈性的覺醒。

通常參加杯測的專家，會事先潔淨自己的口腔，甚至前一天晚上就避免食用有香料或辛辣刺激的餐飲，以確保自己的味覺敏銳度。

杯測過程非常安靜，只有用力吸吮時，啜飲咖啡的聲音此起彼落，各自在表格上記錄乾香、濕香、風味、後韻、酸值、口感、一致性等品鑑結果。過程非常精密，而且十分消耗腦力與體力。

透過杯測，和一杯簡單的咖啡，開啟味覺與記憶的豐富對話，莊嚴而慎重，百分之百忠於自己。

咖啡，從聞乾香、濕香，
到入口之後的前段、中段、尾韻，層次分明。
不只是味覺的甦醒，也是靈性的覺醒。

杯測，對我而言，是專業咖啡師養成教育中最艱難的一部分。

聞過剛剛研磨成粉末狀咖啡的乾香，接著嗅吸熱水沖入咖啡中的濕香，然後在暗室中，遮蔽雙眼，僅用一根金屬湯匙，從杯中輕輕撈取少量咖啡汁液，一半憑經驗、一半靠直覺，短短幾秒鐘，任小小一口咖啡，從舌尖到舌根，再入喉間，必須立刻分辨出咖啡的風味與口感。

之前在報考專業咖啡師認證資格時，無論是黃金萃取中階、烘焙中階，都有小型的杯測題型，令我膽戰心驚，如履薄冰。其中一個考題是三杯一組，七組共二十一杯，比較各自的烘焙方式或萃取程度，而且不能答錯一杯，否則就不能通過，必須擇期重考。

從小到大，經歷過無數次的判斷自己、評論別人，快速精準，毫不猶豫。偏偏來到這一刻，面對考試強烈的得失心，對之前學習過的所有標準，開始有很多不確定的遲疑。

這是非常挑戰心智的考題，雖然看起來要測驗的只是對咖啡知識的了解，但更多的成敗關鍵要靠生活的深刻體驗，以及不大不小恰到好處的自信。

過度依賴主觀意識，絕對是一敗筆；然而，一味地想要憑藉講義上的客觀資訊與標準，就會失去現場靈活判斷的機會。

# 學習記得一切的同時，也要學會放下所有

咖啡，是充滿靈性的農產品；杯測，是測試覺知能力的考驗。所有的風味與口感的辨識，雖然是透過唇舌味蕾的功能判定，卻更關乎每一個人各自成長中的飲食經驗，所累積的驚人記憶而展現。

在《心經》中，有相互對照的兩句話：「眼耳鼻舌身意」、「色聲香味觸法」。佛學的教導，是要我們在透過感官學習之後，不執著於感官帶來的經驗。讓你在學習記得一切的同時，也能學會隨時可以放下所有。

杯測，正是這個過程的具體實證。啜飲一口前所未聞的咖啡，要以過去的經驗為判斷的基礎，也要能放下過去所有的經驗，才能真正得到全新的體驗。

即使是同一個農莊、同一批次處理、同一條件烘焙、同一方式萃取，無論重複幾次，都無法得到百分之百相同結果的咖啡。這一杯、與上一杯，絕對是不同的咖啡。時間、溫度、濕度改變，甚至是心情的不同，讓每一杯都是唯一、也是最獨特的一杯。

這是我在專業咖啡師認證考試，與前往中南美洲考察，一次又一次的咖啡杯測中，最震撼的撞擊，也是最深刻的體驗。

儘管，要成為一位專業的咖啡師，英雄不怕出身低；但是，如果從小接觸飲食的範圍非常侷限，剛開始就不容易在杯測過程中，一一對照出「咖啡風味輪」上各種不同食物的標籤。

啜飲一口前所未聞的咖啡，要以過去的經驗為判斷的基礎，
也要能放下過去所有的經驗，才能得到全新的體驗。

反之，如果成長記憶中，對某一種食物的印象特別鮮明，味覺的經驗也很容易因此受限。

沒有嚐過黑巧克力的人，很難在杯測中回答出「黑巧克力」的答案；而製作蜜餞的師傅，在喝到淺焙的咖啡時，可能會指稱那是「酸梅」的味道，忽略掉其他熱帶水果的可能。

# 滷肉的幸福——尋找屬於自己的味覺標籤

小時候我曾經罹患嚴重的鼻竇炎，少年時期是最嚴重的階段，常要去耳鼻喉科報到，任由醫生將一支外型有點近似注射筒的鋼管插入鼻腔，以抽取積蓄其中的膿液。雖然當兵期間透過體能訓練而痊癒，但從此對味覺的敏銳度大大降低。

學習咖啡杯測的過程中，味覺的考驗常刺痛心中的盲點。而我最常嗅吸品嚐到的味道，很像是滷肉、或肉鬆。

這件事，曾經造成我很大的困擾。

不只是因為咖啡風味輪表格中，沒有「滷肉」和「肉鬆」這兩項，更令我尷尬的是，咖啡處於這兩種食物之間的違和感。

經過老師指導、校正，才找到癥結原因。在我的成長經驗中，童年物資匱乏的歲月裡，碰到難得可以讓全家人打牙祭的時候，媽媽最擅長、也最澎湃的料理，就是一鍋香氣四溢的滷肉。長大以後，每當挑選壽司、三明治配料時，也會偏好有肉鬆的搭配。

「滷肉」和「肉鬆」，對我來說，風味很近似；原來是因為它們曾在經濟困頓的環境中，留下最幸福的味覺記憶，以至於每次聞到任何香味時，本能地直接反應連結上這兩個標籤。

若再仔細分析「滷肉」和「肉鬆」的味道，會得到層次更多的味覺標籤，

每個人對一杯咖啡的體會，不只是當下的滋味，
千頭萬緒連結的是，這一生所有甘美與辛酸的記憶。

對照「咖啡風味輪」，就會找到「甘草」、「黑梅」、「焦糖」等風味。

關於風味，每個人的識別能力不同，不只是味蕾的反應，其實牽涉到成長記憶。

這是我跟隨許多咖啡專家到中南美洲考察，經過無數場大型杯測之後，深深撼動內心的發現。

我的一位咖啡老師，年少時有過浪蕩的歲月，而今在咖啡界安身立命，擁有自己的事業，夫妻共同管理店面，還舉辦許多教育訓練課程，連亞洲其他地區的咖啡愛好者都慕名而來。

和他有過幾次共同參與杯測的經驗，剛開始時，我很驚訝於他能很快判斷極其細緻的風味。後來聊到成長過程，才知道他的原生家庭是以「辦桌」為業，從小跟隨總鋪師忙進忙出，熟稔各式料理的食材與調味，難怪對咖啡的風味十分敏銳。

每個人對一杯咖啡的體會，不只是當下的滋味，千頭萬緒連結的是，這一生所有甘美與辛酸的記憶。

即使我已經學習過品嚐咖啡的專業能力，面對每一杯咖啡時，仍期勉自己保持戰戰兢兢、如履薄冰的謙卑，不過於主觀地驟下評論。

對待人，也是如此。

對飲食風味的覺察，
來自味蕾；
而人生歡喜悲愁的滋味，
只有靠自己慢慢體會。

# 杯測表格有哪些項目？

1. **樣本編號**（Sample #）杯測為求公正，有時會以盲測方式進行
2. **烘焙深度**（Roast Level or Sample）以豆色深淺判別
3. **乾香／濕香**（Fragrance / Aroma）分乾香強度、濕香強度、品質
4. **風味**（Flavor）味覺、啜吸後進入鼻腔的香氣
5. **後韻**（Aftertaste）咖啡入喉之後，在口腔裡留下的餘韻（時間長短、優劣）
6. **酸值**（Acidity）強度 × 品質（例如：是否有不悅的刺激感）
7. **口感**（Body）厚薄 × 品質（好：柔順、飽滿、厚重；壞：薄弱、澀感、粗糙）
8. **一致性**（Uniformity）各杯的表現是否皆一致
9. **均衡度**（Balance）酸、甜與口感之間是否和諧
10. **乾淨度**（Clean Cup）無缺陷的味道（例如：霉味、酚味、過度發酵味等）
11. **甜度**（Sweetness）有甜就算過關，除非其乾淨度太差，掩蓋了甜度
12. **綜合分數**（Overall）杯測者依個人喜好給的直觀分數
13. **總分**（Total Score）上述所有項目加總
14. **瑕疵扣分**（Defect (subtract)）有沒有氣味、風味上的瑕疵
15. **最後杯測總分**（Final Score）與**註記**（Notes）

Hacienda la
Esmeralda
Panamá

評選

殘酷卻溫柔的對話

# 品鑑，
# 可能是很主觀的；
# 受到肯定，
# 卻是最幸福的期盼。

一顆咖啡豆的旅程，彷彿你我的人生，
要經過很多階段，也要迎接各種挑戰。

# 即使是一顆小小的咖啡豆，也要有被討厭的勇氣

一顆咖啡豆的旅程，彷彿你我的人生，要經過很多階段，也要迎接各種挑戰。從開花到結果，多半是自然的恩寵。從處理到萃取，有愈來愈多人為的參與。

在處理生豆的技術層面，無論水洗、日晒或蜜處理，都比較容易找到客觀依循的標準；到烘焙與萃取的階段，雖然過程非常細緻，但至少還有數據可以參考，甚至已經有ＡＩ人工智慧加入研判；唯獨杯測與評選，這已經近乎是藝術的賞析品鑑。

儘管「杯測表格」中確實有很多項可以量化的指標，但唇舌與記憶共同交織的體驗，在數字之外還有很多感官底層的故事，絕對不是三言兩語可以細說分明。而緊接在杯測後面的評選，卻必須在很短的時間內，做出一翻兩瞪眼的決定。

杯測，往往只是個人感官體驗的過程；評選，卻直接影響交易最後的結果。

參與中南美洲專業咖啡考察團，十幾天非常緊湊的行程中，唯一的主題就是：杯測。從日出到日落，趕往不同的咖啡園區，杯測、杯測、再杯測。

由於產區都位處偏僻的深山裡，道路崎嶇且交通不便，多半靠長途步行，偶有機會搭上載送農具的小卡車，即使顛簸到站著、坐著都疼痛，還是覺得很

最殘酷的意見，都可能是最溫柔的提醒，
只為聽見彼此最真實的心聲。

幸福。

中南美洲專業咖啡考察團裡，可以說是臥虎藏龍，個個成員都很有本事，有咖啡貿易公司老闆、咖啡店經營者、資深咖啡師、專業咖啡教師……，只有我是初學者。

無論抵達任何一個咖啡農莊，杯測的陣仗都很盛大，儀式也非常隆重。每一場杯測之後的品鑑討論，都深深影響來年的咖啡市場。其中只要有某個咖啡豆品項能獲得青睞，有可能該產區全年度的產量都會被獨家採購。數十萬至數百萬美金的生意，極可能在一次杯測中決定。

整個團隊一、二十個人，環繞著擺置現場磨研沖煮咖啡的長桌或圓桌，穿著專業咖啡師圍裙，手裡拿著杯測用的金屬湯匙，啜飲的聲音此起彼落，接著要開誠布公地討論，讓參與杯測的每個人對這批次的咖啡豆，都能有充分的理解與溝通，同時也讓交易雙方交換彼此的觀點與想法。

杯測後的討論會，是一場既殘酷又溫柔的對話。

很近似你在電視上看到歌唱比賽的決選現場，評審的每一句話，可以決定歌手的勝負，也能為他日後的成長帶來啟發。或者，讓他感到挫敗而一蹶不振。兩種極端不同的影響力，端看彼此的了解與信任程度。至於評審的話語有幾分真誠？歌手本身能承受多少聽見實話的壓力？各有因緣與造化。

相對之下，產區咖啡杯測的討論會，會比選秀節目更真實誠懇許多。這個場合裡，雖然難免有商場銷售必須考慮的現實，但沒有太多人際之間勾心鬥角的爾虞我詐。一切的討論，或是很少數、幾乎不常發生的爭議，都回到咖啡豆本身的風味，以及處理技術上。

畢竟，所有牽涉到生意的條件，有它的市場機制，而此刻的決定，關乎未來市場的成敗。最殘酷的意見，都可能是最溫柔的提醒。

即使是一顆小小的咖啡豆，也要有「被討厭的勇氣」，在杯測會議各路專家意見的千錘百鍊中，找到願意欣賞自己的買主，無論對方真正看上的是價格，還是風味，都無憾於彼此的相遇。

丟棄所有偏見，
全然打開你的心，
按部就班聞香啜飲，
就像是你從第一眼
就愛上一個人。

# 小農期待的眼神，品嚐者幸福的表情，都是心底最美的風景

絕大多數買家都是不遠千里而來，一年可能只會來這一趟；而賣家則拿出他們累積一生心血與經驗栽種的年度代表作，等待驗收。光是彼此的這份誠意，以及合作多年的信任，就足夠莊重了。

更何況，我所參與的這些杯測，都是買家與農民直接對話，沒有中間代理，也沒有層層剝削，彼此聽見的都是對方最真實的心聲，即使有所評論，也是為了對方好。

如果這批咖啡豆得到很高的評價，農民對自己的植栽與處理會更有信心。假使未獲青睞，也不至於血本無歸，頂多就是交易價錢與產品流向不如預期，但是可以獲得寶貴意見，做為來年改進的參考。

精品咖啡豆的交易價格，本來就跟商業豆有所不同。名列前茅的精品咖啡豆，有機會透過市場機制，抵達專業級饕客或高端消費者的味蕾。沒有入選前幾名的精品咖啡豆，還是有可能因為獨特的風味，經過行銷包裝找到知音。若品質確實無法達到精品咖啡豆的要求，必須經過篩選混合成為高級商業豆，將來面對的是更寬廣的大眾市場。

價格，高下有分；等級，通路不同。但是，帶給不同消費者的幸福感，卻可能在各自的心底擴散。甚至，因為非常珍惜，而顯得意義非凡。常在市街上看見人們捧著一杯新台幣三十五元的咖啡，臉上洋溢著滿足又自在的表情，這

曾經付出所有努力但未獲掌聲的農民，
像極了到現在仍跌跌撞撞的自己。
也是要翻滾起伏多次以後，才鍛鍊出面對挫折的勇氣。

是別人無法評論的幸福，點滴在心頭。

在這些無數次杯測討論會，既殘酷又溫柔的對話中，最讓我尊敬並且心疼的是，小農們等待被品鑑的結果時，深深期待的表情。

當下知道產品獲選、可以進一步議價的農民，眼底立刻閃耀出遇到知音的神采；沒有得到青睞的農民，難掩失望的目光，還是謙虛地請教專家對於風味的意見，將來才知道要如何改進。尤其是個體戶的咖啡小農，他們既非勢力龐大的莊園，也沒有足夠的經濟規模，往往靠的只是自己的雙手，和無比堅強的毅力，從栽植、採收到生豆處理，都是和大自然共生與搏鬥的歷程。

有一位小農，為了優化水洗過程，自己搭設槽棚，甚至常常為此而整晚沒有睡覺。另一位小農，為了應付葉鏽病等蟲害，差點賠掉他所有的積蓄。

杯測討論會，雖然只針對咖啡的風味，但農民一年來奮鬥的故事，也常在席間被流傳著。尤其受到氣候變遷的影響，大自然的反撲，農民是站在第一線的咖啡守護者，他們實際經歷的甘苦，其實才是咖啡裡所蘊藏最真實的人生滋味啊。

相對於優勝者的喜悅，我更疼惜曾經付出所有努力但未獲掌聲的農民，只因為他勉強表現禮貌的微笑，撐不住內心沉重的落寞，像極了到現在仍跌跌撞撞的自己。而我也是翻滾起伏多次以後，才鍛鍊出面對挫折的勇氣。

# 噬洞最多的果實，都是最甜美的

參與杯測的咖啡專家，每個人在現場說出的意見，都有很大的影響力，也都有自己的主觀。

真正的買家，可以依據自己的偏好評鑑，說出真實的意見；但進入評選的程序時，就必須推測市場的需求，也就是消費者的口味。至於是否判斷正確，牽涉到美金幾百萬或上千萬的生意，究竟是靠一時賭注，或是憑長年累積的實力，來年在銷售報表上便見分曉。

儘管如此，像我這樣的初學者，在杯測討論會中，靜心聽幾位背景不同的專家解析，除了吸取他們精闢的意見與解說之外，也會看到某些個人感官差異化的衝突。例如，某位專家說這一個咖啡品項的風味是柑橘、檸檬，而另一位專家強調的是堅果、奶油、巧克力時，就足以讓自己在不同意見的擺盪中，學習如何兼容並蓄。

偶爾也會有比較尷尬的品鑑結果，在同一批次的杯測中，某位專家說品項A是最好的，另一位專家看好的是品項B。

如何評選出最好的咖啡呢？原來經營咖啡生意，也是青菜蘿蔔各有所好，當英雄所見略有不同時，就各取所需吧。

那次旅行結束後的一年多，我在同團中的一位咖啡專家、也是我很敬重的咖啡老師Scott的臉書上，看到他寫的感想：「假如我又跑去念研究所的話，主觀的優秀，是一把鋒芒畢露的劍；
客觀的美好，是一支雅俗共賞的舞。
在人為主觀與勝敗輸贏之外，體會客觀的價值。

我會很想寫一篇文章：關於杯測評審，在群體杯測中，給分策略的行為經濟分析。」這段話，完全說中我的觀察與體會。

人類因為各有主觀性，討論時可以大鳴大放，但針對辯論後勝敗的結果，輸贏都不用太在意。就像咖啡園裡的蟲和鳥，牠們完全依照本能去啄食，噬洞最多的果實，都是最甜美的，但它卻無緣在人類的消費市場展現。

一般咖啡消費者，無須因為我的淺薄經驗，就直接推斷咖啡評選有其難以避免的人際溝通政治學。

雖然我同意，只要是有人的場合，就無法做到百分之百公平。但就像我擔任很多次的文學或書籍重要獎項的評審經驗，所觀察到的現象一樣，每個評審都很主觀，個性愈強的，講話愈大聲；為人隨和的，比較不會堅持己見。即便如此，優選出來的前三名，名次先後可能有很多討論，但確實都是在所有候選作品中名列前茅的。

若回來站在消費者重視 C/P 的立場，來看如何選擇咖啡豆，我倒覺得選擇第二名與第三名的，都比較划算。因為它們各有特色，品質不相上下，價錢卻可能差很多呢。

主觀的優秀，是一把鋒芒畢露的劍；客觀的美好，是一支雅俗共賞的舞。未必要等別人給掌聲，只要真正努力過，都是可以告慰自己的成就。

農莊

農民終生守候的咖啡田

# 栽植夢想的種子，不只是靠天吃飯，自己也要承擔。

當我站在每一個咖啡莊園的土地，
感受日照、風吹、雨淋，嗅聞泥土的芳香，
就彷彿回到我的童年，找回莫忘初衷的勇氣。

# 咖啡樹、葡萄園，還有，我的故鄉

生平第一次踏上遼闊到足以延伸至天地邊際的咖啡園土地，是在寮國佔地超過五十公頃的咖啡農場。

那是我在前往中南美洲研習咖啡的兩年之前，另一次生命中為追求夢想的偷渡。為了接受廣告代言的專案，站在必須為消費者把關的責任上，還是在百忙中抽身去了一趟寮國，排除萬難地對母親與客戶告假五天。

我在寮國見識到比想像更寬廣的咖啡農場，那是超過所有手機與相機視角邊框，必須以全螢幕三百六十度拍攝才能容納的景象。尤其是搭乘載運農作的卡車前往，以站姿由遠而近俯瞰，場面極其壯觀而且浪漫。

阿拉比卡種的咖啡樹，平均大約兩公尺高，一排一排整齊羅列，中間留著摘採的走道，工人穿梭其間，陽光雲影如縮時攝影般快速徘徊，當瞬間霧起時，又立刻置身於朦朧飄渺的山嵐中。

浮現腦海的第一個畫面，是一九九五年的電影《漫步在雲端》，基努李維飾演一位二次世界大戰後從戰場返鄉的退伍軍人，在途中結識葡萄園主人的女兒。她本來只是為了應付頑固的父親，要求他假冒成夫婿，但兩人竟假戲真做，發展出彼此真心愛慕的戀情。

當年看這部電影的時候，還未經歷太多世事滄桑。倒是視野壯闊的葡萄園，在霧來雲散之間的景致非常迷人。

我們在時光的隧道跋山涉水，
看似為了理想遠走他方，
而旅途中動人的樂章，往往是記憶的連結。

過了很多年以後，我重回童年成長的山上，站在故鄉的葡萄園裡，才知道電影的意象之所以誘人，原來是記憶的連結。我們在時光的隧道跋山涉水，看似為了理想遠走他方，而旅途中動人心弦的樂章，往往都是過去成長歲月中出現過的音符，無論高揚或低沉，複製或重組，似曾相識的片段，特別令人懷想。

遠眺咖啡園景觀，其實跟葡萄園有點相似，但咖啡栽種與烘焙的特質，其實跟茶園更像。咖啡、酒、茶，完全不同的飲品，各有其特殊的身世背景，卻都是現代人的生活日常，深究之後也會發現它們都有幾分相像，無論生長環境或處理方式，也有異曲同工之妙。

只不過並不是每個消費者在品嚐美味的同時，都有機會追本溯源地回到手中那杯飲料最原始的起點，看見榨取成汁之前的果實，欣賞枝葉花朵的美麗，嗅聞樹根泥土的芳香。彷彿穿越時空返抵前世，所有未能療癒的滄桑，瞬間變成和自己過往對話的家常。

每個人都曾為了理想遠走他鄉，各自浪跡天涯，翻越千山萬水之後，有的人美夢成真，有的人失望落空，唯有回到最初出發的地方，才會和最真的自己重逢。無視於世俗中所有功過成敗的評價，給當年的自己一個溫暖的擁抱。

# 順命、認真，咖啡獨立小農的生命寫照

以地球緯度來看，最適合種植咖啡的產區，集中在北回歸線和南回歸線之間，也就是俗稱的「咖啡帶」（Bean Belt），橫跨亞洲、非洲、中南美洲、紐澳等地。隨著每個地區的地形地貌不同，土地氣候差異，咖啡農莊的形式與發展也就大異其趣。

幾年前我最初拜訪位於寮國的咖啡農場，擁有專精於亞洲咖啡種植的特色，農地面積廣大，地勢相對之下比較平坦，多數種植者都是獨立小農，只有少數企業進駐，以買地、租地或契作方式種植咖啡。

位於中南美洲的哥斯大黎加，人口約三百五十萬，咖啡樹卻高達四億棵。該國火山土壤十分肥沃，而且排水性良好，自一七二九年從古巴引進咖啡，每年每公頃平均產量超過一千七百公斤，咖啡出口額佔全國出口總額的二五％。

當地的咖啡種植大多來自獨立農民，規模大約是每家面積從一公頃到三、四公頃不等，非常純樸而認真，以很近似靠天吃飯的隨順與安分，想盡辦法讓他們唯一的農作物咖啡收成後，透過當地的合作社做咖啡豆的專業處理，得以進軍全世界。為了幫助這些獨立小農，隸屬於官方的哥斯大黎加國家咖啡研究中心（CICAFE），發揮了極大的功能。

他們投入大量心血，從咖啡的種子開始研究，培育出生命力強、並確保果實甜美的幼苗，讓小農不致於盲目栽種咖啡，而是信心十足地將挑選過的幼苗

農民的樸實與土地的大愛，
對照著世事變化莫測的人生，
留在我心底的，是一份敬重與崇拜。

植入土中。雖然，好的開始未必是成功的一半，畢竟土壤、氣候、日照變數仍多；但是，至少能確保幼苗的品質，已經大大降低農作的風險。

參觀哥斯大黎加國家咖啡研究中心時，負責培育幼苗的工作人員，拿出兩組相互對照的咖啡幼苗展示。A組幼苗的細根筆直修長、B組幼苗的細根彎曲糾纏，肉眼即能辨識，留下A組，淘汰B組。

物競天擇，是這批幼苗將來種入農民土地之後，必須面對的挑戰；在此之前，它們要先通過這一關。

五歲那年，我從出生地台北搬到中部山上，其實是因為父親正巧轉換工作，到當時隸屬台灣省農林廳專責種苗繁殖的機構。雖然身處窮鄉僻壤，但從小就有機會見識農業專家培育玉米、高麗菜等農作物的精神與程序，對於這些專家與農民，有著非比尋常的敬重與崇拜。

以熟齡之年，來到哥斯大黎加國家咖啡研究中心，重溫著農民的樸實與土地的大愛，對照著世事變化莫測的人生，很慶幸有些美好的性情，一直還留在我的心底。即使農莊的規模不大，但追求成功的志氣，一定要很高！

## 所謂的大家風範，其實是付出加倍的努力，才能造就表面的風光

相對於哥斯大黎加農民的胼手胝足，巴拿馬莊園的主人就顯得豪氣干雲。就以大眾最熟知的翡翠莊園（La Esmeralda）來說吧，位於巴拿馬精品豆產區波魁特，因為多變的微型氣候和嚴謹的農產管理，成就了所向無敵的咖啡霸業。

翡翠莊園具備傳奇性的家族色彩，雄厚的財力與社經地位，能在咖啡界呼風喚雨。但親自參觀莊園，傾聽莊園主人之一 Rachel Peterson 親自介紹她的經營理念與農作方式，才深深體會到維持頂尖的成功，是多麼不容易。

Rachel 捨棄大量種植與生產的偷懶方式，而是將面積龐大的莊園，劃分為不同的區塊，以小批次方式進行栽植與處理。翡翠莊園出產的咖啡，隱約帶著一股柑橘花果香氣，與巴拿馬其他莊園的咖啡風味有極大差異，旗下的「藝伎」咖啡豆，曾連續七年獲得 B.O.P（Best of Panama）杯測賽的冠軍。

翡翠莊園第一代園主 Rudolph A. Peterson，原本是瑞典裔的銀行家，是當時美國金融圈的重要人物，曾經擔任美國銀行總裁及聯合國開發局長。他退休後，到被稱為度假天堂的巴拿馬波魁特的卡德拉河畔，買下這座莊園。

當初主要目的是度假休閒，傳到兒子 Price、Susan 夫婦，以飼養牛隻為主，後來發展咖啡事業，再交棒給第三代，也就是 Daniel 和 Rachel 兄妹。

並非所有家世很好的下一代，都是世俗想像中的紈褲子弟。正如同許多企

認真的人，總能在美味中體驗，
努力付出的成就與感動。

業家二代、三代，為了在繼承家業時不辱門風，付出比平常人加倍的努力，才能將品牌的精神發揚光大，創造永續的價值。

翡翠莊園以優質的「藝伎咖啡」，連續多年問鼎B.O.P之後，自辦單一莊園全球網路拍賣會，也就是被稱為「藝伎之王」的紅標競標，年年創下歷史新高的競標價，十三年來拍賣價漲幅超過二十倍。

左：Rachel Peterson

我在翡翠莊園現場與台北咖啡展會場，多次遇見Rachel，看到她充滿陽光的自信笑容背後，是對家族的使命，也是對咖啡愛好者的承諾。

每當我為自己沖煮一杯來自翡翠莊園的藝伎咖啡時，即使只是啜飲一小口，都能因為浮現生命典範的精神，而感覺唇舌間的這口咖啡，真的特別甘美。有些價格的高貴，來自價值的不菲。一般人所品嚐的，是咖啡本身的美味；而認真的人，總能在美味中體驗，努力付出的成就與感動。

唯有回到最初出發的地方，
才會和最真的自己重逢。
無視於世俗中
所有功過成敗的評價，
給當年的自己一個溫暖的擁抱。

# 還有哪些世界知名莊園？

**藍山第一：牙買加克里福頓莊園**

克里福頓莊園（Clifton Mount Estate）是整個藍山地區海拔最高、最古老的咖啡莊園，自1790年起就開始栽種藍山咖啡，全部都是阿拉比卡中的帝比卡（Typica）品種，並獲得雨林聯盟認證。

**海拔最高：巴拿馬艾利達莊園**

艾利達莊園（Elida Estate）的歷史可追溯到1918年，地處波魁特，海拔位置幾乎是整個巴拿馬境內的最高處，將近有一半面積在國家保護公園內，是中美洲罕見的超高海拔莊園。它不僅是B.O.P的常勝軍，更在2018年榮獲雙冠王的殊榮。

**藝伎冠軍：哥斯大黎加托布希莊園**

托布希莊園（Finca Tobosi）位於哥斯大黎加首都聖荷西南方，為Jorge Bernes家族所擁有，是塔拉珠（Tarrazu）地區最先種植咖啡的領導者之一。它的「黑蜜藝伎」咖啡，在2017年哥斯大黎加C.O.E（Cup of Excellence）卓越杯中勇奪第一名。

Coffee

# — Part 2 —

# 成長，<br>全心傾注的守護

朝陽夕霧，晨風宿雨，
默默承載枝葉，靜靜開花結果，
才有機會經歷千山萬水，化為口中的涓滴汁液，
和你的味蕾與記憶纏綿不休。

種植

天地間最精準的淬鍊

# 一生昂首挺立
# 站在陡峻的山坡；
# 只為結成美麗果實，
# 與你相遇。

在咖啡農民眼神中看到的認命與篤定，
就知道那是我還在人世飄泊中，
尚難以企及邊緣的精神。

## 羅布斯塔的強悍，阿拉比卡的嬌韌

或許，我之前見過它；但是，彼此未曾相認。

第一次，看到活生生的一株咖啡樹站立我面前，是在一處咖啡農場門口。枝葉茂盛，果實纍纍。它不是農場主人刻意種植用來採摘的，只是隨遇而安坐落於此迎客。

同行的朋友提到它的品種，如數家珍地說著它的來歷。對我而言，那不只是一堂植物課，更是一種穿越前世今生，終於認出彼此的感動。

它是一株羅布斯塔（Robusta）品種的咖啡樹，因為不需要嚴苛的種植條件，本身抗病蟲害能力強、存活率高，因此生長容易，產量較多，價格低廉，風味犀利，咖啡因含量高，不適用於單品咖啡，而廣泛被採用做為即溶咖啡、三合一咖啡的原料。

相對之下，多數精品咖啡莊園真正用心大量栽種的是阿拉比卡（Arabica）品種的咖啡。阿拉比卡比較嬌貴，不僅需要嚴苛的氣候、土壤、陽光、雨水、風吹等，配合成為風調雨順的精緻條件，也需要費心照料、細心採收。之後，藉由各式各樣處理與烘焙的手法，能讓它的風味變化萬千，迷倒眾生，因此在精品咖啡市場扮演主力的角色。

而我在中南美洲學習咖啡期間，看到最多的是目前全球非常風靡的藝伎咖啡。因為原產地是衣索匹亞西南部的藝伎（Geisha）山，發音近似日本藝伎而

累積足夠多的挫折以後，
一次看似偶然的成功經驗，
讓「無心插柳」成為無比謙遜的感恩。

得名，大陸和其他地方也有人翻譯為「瑰夏」。

哥斯大黎加比巴拿馬更早種植藝伎品種的咖啡樹，因為它初期栽植不易，產量不高，影響農民的意願。但藝伎咖啡風味實在太獨特了，內含豐富熱帶水果和花香味，而令咖啡饕客深深著迷，獨特的市場潛力，給農民帶來堅持下去的鼓勵。

相隔不久之後，巴拿馬翡翠莊園主人之一 Daniel Peterson，意外發現這批原用來充當防風林的咖啡樹，就是具備特殊風味的藝伎。他決定用心栽種和處理，拿它參加 2004 巴拿馬咖啡豆杯測競賽，一舉成名。此後，藝伎勢不可擋，蟬聯多年競賽冠軍。

這是一個「無心插柳」的成功案例！若是更年輕一點的時候，我難免會在讚歎運氣之餘，感到珍貴與惋惜——如果一個人總是因為「無心插柳」而成功地獲得「柳成蔭」的結果，對那些「有意栽花」而始終等不到花開的人來說，多麼不公平。

後來年事漸長，慢慢知道世間的真相：多數「無心插柳」的成功案例，其實都來自之前多次「有意栽花花不發」的嘗試錯誤，累積足夠多的挫折以後，老天悲憫其情地給了一次看似偶然的成功經驗，讓「無心插柳」成為無比謙遜的感恩。

# 手上的一杯咖啡，來自農民一生的天命

據我觀察，就算是要刻意種植出頂尖的藝伎咖啡，而且如願成功，是真的非常不容易。在我參訪過的十幾個揚名國際的莊園中，幾乎每一位莊主、農民都是卯足全力、用盡家產，來培育心中最接近夢想的藝伎咖啡。

巴拿馬因為地形關係，具備栽種藝伎咖啡得天獨厚的條件，尤其在海拔超過一千八百公尺的高山，陡坡大於四十五度，依山面海的莊園，同時受到陽光與海風的滋潤，不僅每一株枝幹都能豐盈地結滿密集又紅潤的果實，而且每一顆咖啡櫻桃的滋味都極其多汁甜美。

在產地「很慢」（台語：鮮採）現吃，剛入口時像是荔枝的味道，隨著有鳳梨、柑橘的香氣，頓時忘記自己正站在隨時可能跌落山崖的危險之中。

這些佔據絕佳地理位置的莊園主人，並沒有因為先天條件的優勢，而忽略自己該有的努力，甚至他們比一般農民更積極投入小面積、實驗性質的栽植與處理方式，毫不眷戀於既有的規模與成績，而讓自己可以年年獲獎。

我研究咖啡的資歷還算淺薄，至今參觀過台灣、印尼、寮國、哥斯大黎加、巴拿馬等地的農莊，發現每一塊土地，所種植的咖啡都有不同的條件，但每一位種植者的認真和努力，都同樣令人深深動容。

無論是從頭到尾完全靠自己雙手的小農，或是企業化到可以雇用印地安人協助的大型莊園，他們都把種植咖啡當成自己生命的信仰，投入畢生的心血，

農民生死相許般的奉獻，
讓這杯咖啡成就你幾分鐘的幸福，
就在彼此交會的瞬間，唇齒間的感動直達心靈。

與大自然共生，也承擔天災、蟲害的風險，只有虔敬，沒有抱怨。

尤其每當我到達非常偏遠的高山，人煙罕見到彷彿只住著神仙，看到許多農民這一生就這樣幾乎足不出戶地守著他的咖啡園，就好像看到自己極其寂寞孤獨的內心，既專注又放鬆、既純樸又熱烈、既蒼白又華麗。我每次在咖啡農民眼神中，看到他們的認命與篤定，就能深刻地體驗到：

每個人手上的一杯咖啡，都來自某位農民這一生的天命，他種植咖啡，是用生死相許般的奉獻，讓這杯咖啡可以成就你幾分鐘的幸福，就在彼此交會的瞬間，唇齒間的感動直達心靈。

或許這才是很多人無可救藥地愛上咖啡的原因，絕非理性，無由說明。

# 如果，
# 我是一棵咖啡樹

許多風味絕佳的高檔精品咖啡，都標榜它種植於陡峻山坡的向陽面。因為山坡足夠傾斜，每一棵咖啡樹才能在清晨平均受到朝陽的日照。當午後太陽滑向山的另一邊，雲霧升起籠罩整座咖啡園，天地飄渺中，堪稱日月精華的靈秀之氣盡集於此，加上火山地質富含各種礦物元素的土壤，終能孕育出獨特的咖啡樹，使之成長茁壯，並結成豐滿圓潤、多汁可口的果實。

咖啡初學者如我，開剛始對阿拉比卡品種的咖啡樹，難免有極其嬌貴的印象，因為它種植不易、價格不菲。尤其是像藝伎這樣的咖啡，更是其中的代表。但當我登上高山，站在藝伎旁邊，甚至跟著工人一起採收咖啡櫻桃，就會恍然大悟地發現：它有多麼不可忽略且令人尊敬的努力。

一棵咖啡樹，光是站在超過四十五度的斜坡，能夠屹立不搖筆直地向上成長，就足以教人望塵莫及。更何況還要能經得起每天日夜溫差超過二十度的變化，加上朝陽夕霧、晨風宿雨如三溫暖般的洗禮，默默承載枝葉，靜靜開花結果，才能換得農民豐收的燦爛笑容。它所結出的果實，也才有機會經歷千山萬水、飄洋過海，化為你口中的涓滴汁液，和你的味蕾與記憶纏綿不休。

雖然咖啡都被稱之為樹，但其實它是長綠灌木。從種子到開花，歷時三至五年。白色的花，淡雅清香，形狀與氣味，跟茉莉相似。花期很短，不到幾天就凋零。結成果實之後，要經過七個月才能成熟。雖然某些品種的咖啡樹可以

迎著晨風，晒著半日的太陽，午後騰雲駕霧，
挺立在四十五度陡峻的山坡上；
在虔敬中，產生無比堅強的勇氣。

活到二、三十年以上的時間，但農民會依照果實的品質，決定是否砍樹重種。站在中南美洲幾處高山上，無論是烈日中、和風下、大雨裡，我常想著：如果，我是一棵咖啡樹……。這個念頭，會讓我頓時在虔敬中，產生無比堅強的勇氣。

栽種咖啡跟稻米一樣，有著「粒粒皆辛苦」的血汗付出，而且品質好壞，價格差異極大。一杯獨特咖啡的價值，有機會因為處理、烘焙、品牌、行銷等手法，而成為市場上奇貨可居的搶手貨，即使農民未必等比例地同獲其利，但滿足與驕傲的神情，已伴隨著一道一道的皺紋，深刻地寫在他們臉上。

如果我是一棵咖啡樹，很有可能，不會真正去在意世俗的評價。我依然迎著晨風，晒著半日的太陽，午後騰雲駕霧，挺立在四十五度陡峻的山坡上。直到有一天，功成身退，被砍成幾段乾柴，與烈火一起生滅，化為灰燼，溶入塵土，成為大地，滋養著另一棵新生的咖啡樹。

一棵咖啡樹苗，
要經過土地的滋養、日照的撫慰、
風雨的淬鍊，才能開花結果。
一杯咖啡，
帶給你唇舌味蕾勾魂攝魄的風味，
是無數人共同創造的奇蹟。

## 咖啡是怎麼命名的？

咖啡命名的由來很多，可以從中得到一些訊息。最多的是以產地來命名，例如：哥倫比亞咖啡、巴西咖啡；有些比較重視質感的咖啡，還會再標上地區，比如：衣索比亞耶加雪非、牙買加藍山。耶加雪非，其實是一個鎮；藍山，真的是一座山。這地區因為有好咖啡而出名，因此直接以產地命名。

曼特寧，是印尼蘇門答臘一個部族的名字。第二次世界大戰時期，日本士兵在蘇門答臘喝到很好喝的咖啡，問當地人是什麼咖啡？因為彼此語言不通，當地人誤以為他是問哪一族，於是回答曼特寧。這也是為什麼早期曼特寧在日本那麼有名，甚至流傳到台灣。摩卡咖啡，是阿拉伯地區的咖啡，因為由葉門摩卡港出口而得名。即使摩卡港後來因泥沙淤積而不復存在，但摩卡咖啡帶有巧克力風味的特性，逐年演變為：只要加上巧克力醬的咖啡，就叫做摩卡。

以上這些都是傳統的命名方式，而今強調小區域的特色風味，很多是以莊園的名字命名，或是用肯亞某某合作社、哥斯大黎加某某處理廠，從某莊園或某處理廠出產的咖啡，將名字變成一種信譽商標。

值得留意的是，市面上到處看到很多藍山咖啡，許多只是模仿藍山的味道，並不是真正在牙買加藍山，而是來自其他地區，算是藍山風味咖啡。真正藍山和藍山風味，價格就差很多了。

遮
蔭

愛得剛剛好就好

# 自己能頭頂一片天，
# 固然好；
# 有助力幫忙遮風、
# 防晒、擋雨，也好。

何等榮幸，我能成為你的遮蔭樹。
何其感恩，你曾經是我的遮蔭樹。

# 遮蔭樹，生命中義無反顧地成全

頂天，立地！我們從小被教導，這是「光明磊落」的形象。一身傲骨，活得理直氣壯。

人到中年，卻慢慢有另一種體會：如果一路走來，始終無愧於心，往往也會強悍得令自己忘了謙卑與感恩。

先別說「頂天立地」、「光明磊落」、「一身傲骨」了，即使願意捨棄尊嚴，以「委曲求全」的姿態，歷經所有的挫折與苦難，無論最後終究是「苦盡甘來」或「一事無成」，你可曾想過：這中間一路走來，有多少值得感謝的人與事？

「一將功成萬骨枯」，或許過於殘酷悲涼；但短短一句話，道盡成功背後有無以數計來自別人的捨身與成全。

而另一種遺憾，卻是有幸獲得來自別人的傾力幫助，最後卻功敗垂成的壯志未酬，有時候是連感謝的話，都慚愧地無法說出口。

當我搭乘運送農具的小卡車，以跳躍的動態行走於蜿蜒顛簸的山路，千迴百轉於「之」字形的曲折中，就不再只是一個眼界的畫面，而是過度使用全身核心肌群的痠痛。身心的劇烈擺盪，讓我頻頻思索著崎嶇路程背後的深刻意涵。

或許正因為這樣的筋肉痠痛，讓我全程以抖動的手臂，抓緊小卡車四周柵這輩子，你有多少棵遮蔭樹？
為你阻擋過度的日晒，抵抗強風與驟雨的吹拂；
相陪一段，只為成就對方。

欄的同時，看到整座山林間某些區塊的咖啡樹，都受到特別溫柔的照顧保護。

原來，輕輕籠罩在咖啡樹上方的是，台灣人很熟悉的另一種植物——香蕉樹。

在高山上的咖啡農園裡，香蕉樹有另一種功能性的稱呼，叫做「遮蔭樹」。因為某些特定區域的日照太強，雲霧披覆的密度或時間不夠，為了保護咖啡樹的枝葉、花朵與果實不會受傷，必須在咖啡園裡同時栽種其他植物當做「遮蔭樹」。除了阻擋部分過度的日晒，也能抵抗強風與驟雨的吹拂，讓咖啡樹得以安然活存，並結實飽滿。

珍貴的精品咖啡在成長茁壯的過程中，和它賴以為生的遮蔭樹，一起佇立在海拔超過一千八百公尺的山區，表面上彼此共榮共存，實際上卻是遮蔭樹對咖啡樹義無反顧地成全，多麼像是每個人在追求夢想時，所得到眾人的幫助與諸神的庇佑。

無論成功或失敗，在全力以赴的路上，每個人都有機會得到過很多認識或陌生人的支持，他們不求回報地付出，只希望對你能夠有所幫助。

這一生，你曾經接受多少照顧？這輩子，你有多少棵遮蔭樹？它有可能是父母、手足、朋友、師長、前輩、同學、情人、伴侶，或是完全不認識的人，只為了相陪一段，然後在當下成就了對方。

# 相依與給予，要恰到好處

適合拿來當做「遮蔭樹」的植物並不多，而且需要有栽植的經驗，才能判斷是否合適。其中有一個很重要的條件是：不能跟咖啡樹搶奪土壤的養分，以免造成本末倒置的結果，「遮蔭樹」肥了，咖啡樹卻瘦了。

即使是台灣人熟悉的香蕉，也會因為品種不同而未必都適合。能勝任「遮蔭樹」的香蕉品種，專注於樹幹與蕉葉的成長，不以長出肥美鮮甜的香蕉為己任；更重要的是，種植這類香蕉樹，會讓土壤充滿氮氣，幫助咖啡果實更甜美。

並不是所有的地理環境，種植咖啡時都需要搭配栽培遮蔭樹。如果當地氣候條件好，日晒只維持在上半天，雲霧飄渺於下半天，清風拂過而未損及枝葉，雨露滋潤而不擊落花果，這樣的咖啡農園並不特別需要遮蔭樹。

因為咖啡樹不耐強光，需要適當的蔭蔽，以免生長受到抑制。但若蔭蔽過度，會使得枝葉太長，而導致花果稀少，產量就大大地降低。

這有點像是一個人的出生環境，若所有的滋養與鍛鍊都恰到好處，可以給一個人安全感，也能帶給他成長所需的足夠挑戰，而他也既溫柔又勇敢到能通過考驗，其實是不需要太多長輩或家族的庇蔭。

愛，剛剛好就好！

反過來說，如果成長歷程有很多艱難險阻，必要時依靠外力幫忙，調適外部環境，以利內在成長，也不是什麼可恥的事情。

一段緣分若已經成為過往，
不妨告訴自己是一棵遮蔭樹，
曾經以愛滋養對方的成長，離開時別無所求。

在我的家庭裡，父親對子女的管教態度，只有品格上的以身作則，其他像是課業方面，都是採取無為放任。等我研習過心理學，才發現這種教養方式，讓子女長大後不是非常愛好自由，就是極度自律。而我竟就是這兩種典型的綜合體，才能在三十歲就寫出「自由，只能留給自律的人」這樣的句子，反映自己在高度自律後享受無限自由的人生態度。

等我年紀再長大一點，更體會到：人生很多時候，我們也有可能成為對方的遮蔭樹。如果是出於自己心甘情願，就算被盡情利用，也會覺得很光榮。等待功成身退的一天，無怨無悔。

反倒是要成為對方的遮蔭樹，一定要懂得分寸、知所進退，所謂「成全」，就不會只是一股腦兒把資源留給他而已，還要看對方真正的需要，以及需要到什麼程度。過猶不及，效果都會適得其反，更不要反客為主，搶奪對方的光彩。

我看過很多親情與感情的例子，原以為會共存共榮度過一生，就像小丑魚和海葵般相依。直到有一天，走到緣分盡頭，悔恨自己付出太多，不免怪罪對方薄情，分手變得更痛苦難過。

一段緣分若已經成為過往，不妨告訴自己是一棵遮蔭樹，曾經以愛滋養對方的成長，離開時別無所求。他的長大，就是你的成就。只要能夠這樣想，痛苦與傷害都會少很多。

# 懂得享受當下的付出

能夠讓「遮蔭樹」發揮真正價值的條件，除了氣候與風土的特性之外，種植什麼品種的咖啡樹，也極具關鍵性。

像是「藝伎」這種咖啡樹，相較於其他品種，確實比較嬌貴些。不僅枝葉、花朵在成長期間需要保護，更因為一根樹枝能結果的數量不多，有賴更多庇護，才能讓甜美多汁的果實被保留下來，因此「遮蔭樹」的重要性與貢獻度，就顯得不可或缺。

有時候消費者對於藝伎咖啡的價格較貴，並非完全能理解，儘管它富含熱帶水果香氣的特殊風味極其獨特，也不是所有點選咖啡飲品的人都心甘情願為它買單。頂多就是覺得，它只是基於「物以稀為貴」，使得價格高於其他咖啡。

但是，只要你了解種植藝伎咖啡要如此「厚工」，連遮蔭樹都要仔細挑選與栽培，就會比較合理地從成本考量，推論到售價的不菲。

結果，只是一種喜歡與否的品味；過程，卻多了感同身受的理解。

誠如許多父母苦心栽培子女，為了讓他平安長大，付出加倍的心血。咖啡的價值，或許很多人都會從賣相來衡量，而人的價值卻無法僅用他長大後能賺回多少錢來評估。再多麼「厚工」，都只能享受於當下的付出，不能寄盼於未來的回饋。

從咖啡樹與遮蔭樹，我體會到更多的是，朋友之間的情義。

支持、成全，說不上犧牲，也沒有委屈，
甚至不覺得庇蔭對方些什麼，
那段歲月，每天都是閃亮的日子。

很多友誼，只是人生階段性的存在，有意或無意地相陪一段，在風中、在雨裡、在烈日下，你默默地支持了、成全了，說不上犧牲，也沒有委屈，甚至不覺得庇蔭對方些什麼，那段歲月，每天都是閃亮的日子。

相反地，當你開始計較得失、盤算輸贏，結果不只兩敗俱傷，連所有相陪的過程，都被自己全然否定。

何等榮幸，我能成為你的遮蔭樹。懇盼你結成果實的芳香，滋養更多有緣的人。

何其感恩，你曾經是我的遮蔭樹。但願我後來的每個成果，都無愧於你的付出。

採
收

踩在陵線上豐收寶石

# 摘採，使咖啡成熟的果實離開枝頭，啟動另一段豐富生命的旅程。

接納一切的發生，
就是從知命到造命最初的起點，
也是最終的目的。

# 在時間的守候中 溫柔相待

培植咖啡，是一段辛苦、卻充滿期待的時光。

從播種到長成為幼苗，大約要兩個月時間。然後將幼苗栽植於培養土包中，再經過兩個月，當幼苗長高到大約六十公分，才可以定植於土地。

並非所有培育好的幼苗都有機會被正式栽植於咖啡園的土地上，必須經過精挑細選的程序，淘汰掉生命力弱的，留下具有成長潛力的，成為農民寄予厚望的生力軍。

通過篩選的幼苗，必須具備的條件，並非只是枝葉堅挺茂盛，更重要的是根部的表現，垂直粗壯的是上選，捲曲柔軟的會被淘汰。

在哥斯大黎加 Coffea Diversa 農場的邀約下，我很榮幸有機會親自栽種一棵身強根壯的藝伎咖啡樹。雖然我沒法每天看著它長大，但期待幾年之後它能豐收。

如果不包括研發品種的時期，光是從培植幼苗完成後，正式栽種於土地上算起，必須歷經三年左右的時間，咖啡樹才能開花結果，有第一次的採收。

種植咖啡，就跟種植其他作物的農民一樣，除了心血、勞力的付出，就是要耐心等待時間。

在凡事講究速成的年代，這三年的等待，特別意義深長。

尤其是致力於品種的改良或新品種的培植，在咖啡正式開花結果之前，農

不是認分地聽天由命，而是內心篤實的聲音，
讓自己盡力做好每件事、過好每一天。

民所能做的，就是盡心盡力去照顧，然後等待開花結果。若非以栽種咖啡為天命本職的農民，誰能經得起這麼充滿不確定因素的賭注？

最近這幾年，倒是有一些國際知名財團，或當地有資本的企業，將咖啡事業視為一種可以期待獲利的投資，願意承受風險，投入大量成本，付出熬過幾年才能見真章的心血，等待新種植的咖啡樹開花結果。

但我和當地農民短暫交談與相處，發現他們並沒有過多利害得失的盤算，原因並非只是認分地聽天由命而已，而是來自內心篤實的聲音，堅信「皇天不負苦心人」的理念，盡力做好每件事、過好每一天。

深居簡出；心無旁騖。幾乎每一位咖啡農，都是如此專注地投入在他們的田地，看著咖啡樹長大，等著咖啡樹結果，盼著咖啡櫻桃豐收。

我在大小規模不等的咖啡農民身上，都看見這種溫柔的堅信不疑。過程中，就只是按部就班做該做的事，解決各種例常或突發的問題，沒有大驚小怪，沒有怨天尤人。

這三年的時間，既是短暫，也是漫長。在俗世中，怎樣界定這等待的意義？往往要看當事人在這三年間，經歷過什麼，也要看他後來等到了什麼。

開花、結果，對咖啡農來說，就等於是開獎揭曉。為自己兩三年的心血，做最真實的驗收。

# 在採收的季節裡品嚐甜美

儘管從一根樹枝，能結出多少果實，可以初步判斷努力耕耘的成效，但總得要等到咖啡櫻桃成熟，摘取一顆送入口中舔吮汁液，獲得滿意的滋味，才能真正感到心安。

如果，不幸地，產量或品質未如預期，沒有賣到一個好價錢，就明年再來。甚至讓土地休耕一段時間，重新尋找新的可能，給咖啡樹新的生機，也是給自己一條活路。

若是職業賭徒，應該：願賭，服輸！但是對咖啡農來說，這一切絕對不是賭注，而是生命的歷程。接納一切的發生，就是從知命到造命最初的起點，也是最終的目的。

所有的農作物，都是靠天吃飯！無論再怎麼努力，老天的成全，還是左右了所有豐收與否的可能。

一棵咖啡樹能正式進入採收，表示它這兩三年來受到妥善的照顧，並通過病蟲害與天災的重重考驗，才能開花結果，而且完整地將如櫻桃般的咖啡果實，從樹枝上被摘取下來。

若不是親自到產地見聞，即使我多麼愛好咖啡，都很難完全體會咖啡從種植到採收之間的艱難。而這份體驗，也讓我往後喝的每一口咖啡都顯得無比珍貴。即使，它只是市場上廉價的商業咖啡豆所萃取的咖啡，看在它強韌的生命

即使多麼愛好咖啡，
都很難完全體會咖啡從種植到採收之間的艱難。
強韌的生命力，值得尊敬、喝采。

力，都值得尊敬喝采。

每年的十一月到來年的二、三月，是咖啡採收的季節。世界各地因為栽植的品種，以及地理區域不同，採收的時間略有差異，採收的方法也大不相同。

像是巴西很多大型農場，都是用專業機器採收，具有量大快速、節省人工的優點，但也因為傳統機器的特性，無法分辨樹枝上的咖啡櫻桃是否已經適合摘採，往往不分紅綠，無論成熟或尚未成熟的果實都收集起來。若採收後，沒有再經過電腦或人工仔細篩選，剔除未成熟的果實，將會影響咖啡處理與製作的品質，市場價格偏低。

隨著農具現代化的發展，以及因應人工成本高、人力缺乏的趨勢，有些生產採收咖啡櫻桃機器的公司，不斷研發更先進的設備。我猜想：或許將來有一天，伴隨著ＡＩ人工智慧的成熟，有機會發展出能辨識咖啡櫻桃是否成熟的機器手臂，可以取代人工採摘這個很花人力、也有點危險的工作。

中南美洲許多精品咖啡園，地處斜坡超過四十五度的陵線上，我光是好好站立都顯得困難，更不用說要背著竹簍行走其間，還要眼明手快、雙手俐落地將成熟的咖啡櫻桃採摘下來，這確實是需要強大體能和熟能生巧，才能勝任的工作。

在這趟咖啡朝聖之旅中，我有機會花半天的時間擔任採收咖啡的高年級實習生，當然績效不合格是無庸置疑，倒是身歷其境地體驗農民的辛苦，也邊採邊吃，嚐盡鮮採咖啡櫻桃的甜美風味。

即使咖啡農園位處中南美洲偏鄉，甚至是人煙罕至的山區，為了種植與採收咖啡，一些比較大型的莊園主人，還是必須聘僱當地的原住民來幫忙。

這些原住民多屬於傳統印地安人，因為加入咖啡生產的行業，而有了專屬的聚落，一輩子與咖啡共存在我們眼中的世外桃源裡。近身觀察他們的生活起居，接觸他們的孩童與長者，看著廣場上晾晒的衣物，聽著社區裡的歡顏笑語，讓我不得不重新思索幸福的定義。

每個人都可以試著從咖啡的
開花、結果、處理、
烘焙、研磨、萃取，
回想屬於自己從年少到成熟，
一路跌跌撞撞的人生百味。

# 摘一顆咖啡櫻桃，好好地謝天

這幾年來，氣候變遷產生的異常現象席捲全球，咖啡農也未能倖免。栽植過程中所遭遇的天候異象，讓產收帶來前所未有的挑戰，花期與結果逐年延後，產量受到波及，影響全球咖啡市場的供應鏈。而咖啡愛好者愈來愈多，不僅是最終端的飲品消費者大幅增加，對烘焙有興趣的專業或業餘玩家也不斷成長。

一般人首先接觸到的都是粒粒分明的咖啡豆，無論是生豆或熟豆，都是脫殼後的樣貌。如果有機會從圖片上看到結實纍纍於樹枝上的咖啡櫻桃，常會發出讚歎：「原來咖啡的果實長這樣喔！」「居然是這麼豐滿圓潤！」「竟然可以長得如此密集！」

我跟大家一樣，有過相同的好奇，以及驚豔的感動。

直到我雙腳踩在火山土壤的泥地，兢兢業業地摘採咖啡櫻桃，腦海裡浮現農民胼手胝足墾荒的畫面，嘴裡品嚐費盡多年心力「很慢」的滋味，源遠流長地溯及咖啡從種子到結果的歷程，想到自己看似風雨飄搖，卻也不乏小確幸的前半生，發現大地孕育著不同的物種，很公平地賦予足以滋養的機會，也提供各式各樣的挑戰。能不斷地從挫折中重新站起來，或是遭受打擊後就一蹶不振，其實不是命運，而是自己的選擇。

與其說是「物競天擇」，不如說是要看自己如何回應所有的困難。「造化

大地公平地賦予足以滋養的機會，
也提供各式各樣的挑戰，
就看自己如何回應所有的困難。

弄人」往往只是錯過努力或懶得選擇的藉口；「爭一口氣」才是拚命活下去的勇氣與決心！

當我胸前掛著竹簍，親手小心翼翼地採收咖啡櫻桃，烈日當空之下，眼睛還要快速分辨它們的成熟度，並且力求摘下的果實，是豐滿而完整的。以一個小時摘不到兩公斤的速度，所體驗的不只是農工的辛勞，還有所有生命中的謙卑。

面對青山滿樹接近紫紅色的咖啡櫻桃，誰能狂妄自大地說「人定勝天」，或許只能在克盡一切努力之後，好好地謝天。

因為，採收這些費盡千辛萬苦、得來不易的飽滿咖啡櫻桃，並非真正的結果，充其量只是好的開始而已；無法閒置超過二十四小時的鮮採咖啡櫻桃，必須和時間賽跑，儘速進入處理的階段，否則就會變質腐壞，辜負農民所有的付出與期待。

摘採，使咖啡果實有機會在最成熟美好的時刻，離開生長的枝頭，啟動另一段豐富生命的旅程，讓它有機會和咖啡的愛好者在世界的某個角落相遇。台灣有句諺語：「吃果子，拜樹頭！」當你喝到一口好咖啡，付費之餘別忘了感恩一切美好的際遇，得之不易。

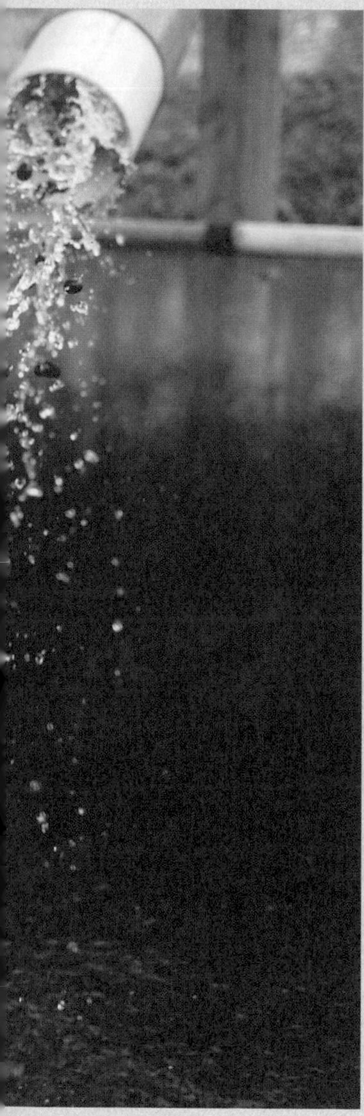

處理

天人合一才能蛻變

# 經歷水深火熱，才能體會：脫胎換骨，生死輪迴。

無論是以豔陽的熱情鼓舞，或是水流的明澈貼心，
都是在讓果膠與果皮脫離咖啡的同時，
保留它最純美的初心。

# 摩天輪和星空SPA，咖啡豆的浪漫蛻變

從咖啡櫻桃到生豆，是內在與外在同時劇烈蛻變的過程。猶如歷經火烤或水淹，若沒有那樣嚴酷震盪的考驗，就無法脫胎換骨。

生死輪迴，不過如此。

農民將咖啡櫻桃鮮採下來，只能享受片刻豐收的喜悅。二十四小時內必須儘速進行處理，否則咖啡櫻桃很快腐壞。

具規模的中大型莊園，可以直接進行處理；小農沒有處理的場地或設備，必須即刻出售給處理廠，或交給地方的合作社幫忙處理。

在產地，幾乎每個採收旺季的傍晚，都會看到小農用人力搬運，或用運送農具的小貨車，急著在天黑前把剛採收下來的咖啡櫻桃，送到處理廠或合作社，裝填於特殊設計的容器，中南美洲當地叫做Angarilla。滿載的一單位大約是一百公升，相當於一百二十六點五公斤，用來計算交易的價格，通常一百公升大約新台幣六百到八百元不等。

有些小農，儘管規模所限，並不具備正式的處理場地或設備，仍會基於自身對咖啡的熱愛，在自家進行小批次的研究與實驗，將咖啡櫻桃透過獨創的方式，以日晒或水洗進行處理。若實驗成功，產出風味絕佳的生豆，也能賣出不錯的成績。

傳統的咖啡櫻桃處理方式，大致分為日晒、水洗、半日晒或半水洗，近年

從咖啡櫻桃到生豆，猶如歷經火烤或水淹，
若沒有那樣嚴酷震盪的考驗，
就無法脫胎換骨。

來「蜜處理」開始盛行，又依程度不同而分為「黃蜜」、「紅蜜」、「黑蜜」，還有更新的處理技術，例如無氧發酵。農民嘗試將整顆洗淨但尚未脫皮的咖啡櫻桃，靜置於密封的桶子裡兩到三天，再拿出來以慢晒的方式處理。

無論採用哪種方式進行處裡，開始之前，咖啡櫻桃都要先經過水槽的洗禮，既能保持潔淨，也可以透過浮力原理，初步篩檢撈出過熟與不熟，或品質不好的果實。

日晒法，是最古老的處理方法。顧名思義，主要是透過陽光日晒來乾燥果實，關鍵是必須在日間陽光充足時，讓每顆咖啡曝晒平均，夜晚或下雨必須覆蓋防潮。曝晒到果實變成深褐色，再用脫殼機去除果肉和果皮。

通常，日晒法會放大咖啡豆本身的風味，讓它的醇度有濃烈感，並且散發甜味。

我在咖啡產區，曾目睹咖啡處理場工作人員的驚人創意，仿照摩天輪的原理設計，打造出幾乎與兒童樂園遊具等比例但縮小一號的摩天輪，在上面架設非洲床，每一層都平鋪著咖啡豆，便於爭取陽光日晒，而且確保均勻。

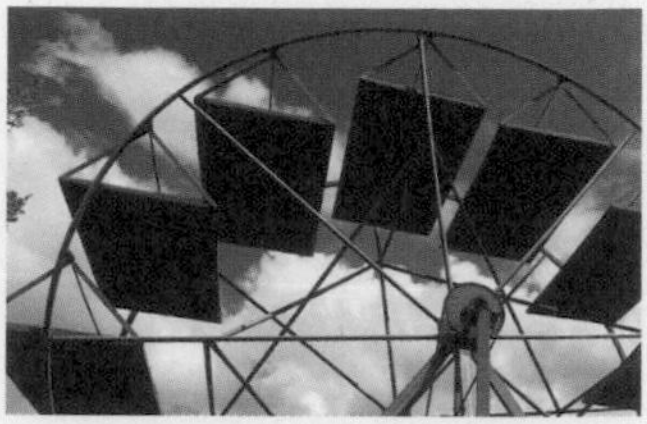

這樣的用心與創意，令我敬佩。農民沒有要以堅強的意志去做「人定勝天」的頑強抗爭，反而是順隨天意、依循自然，盡一己之力，誠懇並謙卑地靠天賞飯吃。

水洗法，是利用浸泡於水中二十四小時的原理，加上機器脫去果肉和果皮，再配合發酵時間，讓種子與果膠產生化學變化，因此，咖啡豆會保留明亮的酸質與果香。

這個工法比較費時耗日，也需要大量水資源，甚至廢水有汙染環境之虞。比較大規模的處理廠已經開始重視環保，連小農都很積極地想辦法處理水資源的取得與排放。

有位哥斯大黎加的農民，靠自己的雙手建造取水系統，引進來自大自然的甜美山泉，讓他的咖啡豆做SPA，剛開始還不知道試驗能否成功，他竟陪著水洗的咖啡豆，在星空下睡覺。

我常把自己兼具浪漫與理性的個性，歸於是水瓶座的特質，每次見聞這種既天真又認真的人與事，都非常動容。像這種有故事的咖啡豆，光是還在水洗過程，就可以預測它將來必定因為風味獨具，而在市場交易展現無窮潛力。

JANSON
Geisha
Coffee

# 激勵自己創造豐盈，蜜處理的甜蜜啟示

除了最傳統的日晒或水洗，還有農民將日晒和水洗兩種手法交互運用，再依照兩者比例的不同，又有半日晒或半水洗等不同的工法。

從哥斯大黎加開始盛行，而且已經頗負盛名的「蜜處理」，其實可以算是半日晒法，或也混和了半水洗法的概念。在處理前先去除外果皮與果肉，保留果膠就開始進行日晒。依照保留果膠層的程度不同，依序從多到少，區分為「黃蜜」、「紅蜜」、「黑蜜」。

黃蜜（Honey Amarillo）處理，特別拉長每日的光照時間，大約一個星期可以完成乾燥；紅蜜（Honey Rojo）處理，過程中以部分遮蔭方式拉長乾燥時間，大約兩到三個星期；黑蜜（Honey Negro）處理過程比較繁複，因為置於陰涼處而必須把乾燥時間拉得更長，需要花費更多心力查看，避免咖啡豆發霉發酵，相對之下人工成本高，價格比較昂貴。

經過蜜處理工法的咖啡豆，因為酸味與甜味均衡，而顯得風味更好。同時保留日晒法的特性，咖啡豆本身的香氣被凝聚放大，加倍醇濃。

少數極具研發興趣的小農，或是幾家知名的莊園，近年都進行小批次的研發實驗，把「蜜處理」當做自家的秘密武器，開發出各式各樣的處理方式。這樣的商業良性競爭，讓咖啡的風味更具層次感，也增加了無限的可能性。

由於商業市場的青睞，「蜜處理」工法已經從哥斯大黎加傳到巴拿馬，甚

無論是一時的困境，或是長期的匱乏，
其實都是激勵自己創造豐盈的機會，
只要你願意勇敢面對問題，就能找到解決之道。

至跨越洲際，來到世界其他咖啡產地。令許多咖啡迷意想不到的是，「蜜處理」研發的起心動念，其實是因為自然資源的匱乏，哥斯大黎加農民為了突破環境的困局，積極求生而得的創新之道。

在中美洲高海拔地區，常為缺乏水資源而苦，農民處理咖啡果實的時候，只能以機器簡單篩除果肉後，連同果膠黏膜一起進行日曬乾燥，進而開發出「蜜處理」的方式。

這背後，代表的是一種「化阻力為助力」的人生哲學。無論是一時的困境，或是長期的匱乏，其實都是激勵自己創造豐盈的機會，只要你願意勇敢面對問題，就能找到解決之道，這樣的過程，就會是一種獨特的創新。

# 自身天然的風味最是可貴

為了讓咖啡在進入烘焙之前有更大的可塑性，世界各個咖啡產地的農家或處理廠，近年都致力於處理技術的研發與改良。甚至加入很多額外的人工方法，試圖增加咖啡的風味。例如，在處理過程中，放在橡木桶裡，有的還加壓、置入黑糖、添加益生菌、浸泡芒果泥……，然後因為獨創的配方，或贏得獎項，而感到欣慰或榮耀。

對此，我倒有個很私人的觀點，覺得咖啡的處理過程，應該是以保留或突顯咖啡本身的獨特風味為原則，而不是刻意添加原本不屬於它的東西。

就像對孩子的教養，家長可以因材施教，但不要過度以自己的理想或願望加以扭曲，否則「你的孩子不是你的孩子」的悲劇，將演繹成「你的咖啡不是你的咖啡」的遺憾。

至於如何對咖啡「因材施教」而不「過度扭曲」？其實兩者之間，可以有明顯的分野：

1 花在處理過程的心力，不必大於種植的心力；否則人為加工的影響力，就會掩蓋天然的特質。

2 處理過程中的添加物，必須是百分之百天然，不能有任何化學的成分。

在咖啡盛行的現代，某些農民未能把握適合種植咖啡的風土條件，也不深入研習栽植技術，就開始大量種植咖啡，採收果實後，為了化腐朽為神奇，試

有一天，你會跟我一樣，
偏好更樸質素顏的咖啡，
而不是濃妝豔抹後的那一杯。

圖以人為加工的處理法，彌補其風味，再佐以烘焙技術，換取唇舌間的錯覺。

關於所有咖啡的處理方式，無論是日晒、水洗、蜜處理，或是最新的無氧發酵，我都覺得應該是用於強化咖啡豆本身風味的特質，而不是心虛地試圖掩蓋其不足。

日晒法的咖啡豆，經過陽光熱情的醞釀，大量保留咖啡豆本身的自然醇厚，讓風味層次歷歷分明，底蘊豐富，爆發力強；而水洗處理的咖啡豆，一如玉潔冰心、未解世事的天真少女，酸質明顯，風味明亮。

無論是以豔陽的熱情鼓舞，或是水流的明澈貼心，都是在讓果膠與果皮脫離咖啡的同時，保留它最純美的初心。

或許，有一天，你會跟我一樣，回歸到偏好更樸質素顏的咖啡，而不是濃妝豔抹後的那一杯。

每個人手上的一杯咖啡，
都來自某位農民這一生的天命，
他用生死相許般的奉獻，
讓這杯咖啡成就你幾分鐘的幸福。

## 日晒豆和水洗豆怎麼分辨？什麼是母豆和公豆？

**分辨日晒豆和水洗豆：**

若是用生豆來判斷，日晒豆的生豆顏色綠而偏黃，水洗豆則大多為翠綠色。

若是從烘焙豆來判斷，日晒豆中間的豆芯是咖啡色的，水洗豆的豆芯是明顯的白色。

就口感來說，日晒豆常被比喻為紅酒，稠度和口感較重，酸性低，甜味高，層次較豐富；水洗豆可比喻為白酒，稠度和口感較清淡，酸性較高，味道較為乾淨。

**分辨母豆和公豆：**

母豆（flat bean），為單花雙胚珠授粉，又名「平豆」，即咖啡櫻桃裡正常有兩顆種子。

公豆（peaberry），即單花單胚珠授粉，又名「圓豆」，日本人也稱為「丸豆」，因種子沒有分裂而呈現完整的橢圓顆粒。

一棵咖啡樹中約只有 5% 是公豆，數量相當稀少，因此又有「夢幻咖啡」之稱。公豆的形狀、顆粒都顯得較大，有人認為擁有更佳的醇厚度和香甜度。

YO

休眠

捨得用靜默換璀璨

# 心無罣礙地
# 好好休息，
# 放空就是重建自己。

儲豆槽，是給咖啡休眠的場所。
休眠這兩個字，深深震撼了我。
連咖啡都需要休眠，那我呢？

# 咖啡，需要休眠；
# 人，也需要休息

土地，需要休耕；咖啡，也需要休眠！

經過處理後，蛻變脫殼的咖啡生豆，需要被儲藏靜置一段很長的時間，大約三到六個月，讓內部水分均勻，風味變得更穩定。

對於習慣勤於付出努力的人來說，休息是何其奢侈的享受？

「一山還有一山高」！這句話的警惕意義，未必只是用來跟別人的能力做比較，每個努力和自己賽跑的人，心中都有無數重重疊疊的山峰等待翻越，多到讓他無法好好停下來。即使碰壁撞山，還忙著轉換方向，急著尋找出路，深怕一旦停頓休息，就兵敗如山倒。

要到什麼時候，才會停下來重新設定自己，像電腦系統需要 re-set 那樣，徹底地歸零呢？

有時候是遇到重大潰敗，有時候是突如其來的大病一場，嚴重到再也沒有體力、沒有意志力，可以往前跨出另一步了，只好被動地停下來。

然而，這種被動地停下來，都不一定是真正的休息，只能算是停頓而已。這也是一般人很容易有的誤解，「休息」和「停頓」，這兩個詞彙不能完全畫上等號。如果把「休息」和「停頓」混為一談，「休息」就會有很深的罪惡感。

「停頓」確實比較容易直接聯想到相對詞：「前進」。而且，很容易有負面聯想。

例如，學生時期「學如逆水行舟，不進則退」、「學海無涯勤是岸」等等耳熟能詳的座右銘，像是已經在腦海植入晶片般根深蒂固，讓很多人的努力不懈，未必是為了獲得真正成功的美好想像，而是害怕失敗的逃離狂奔。

相對地，「休息」，是全然地放空，心無旁騖地捨下理想與目標，沒有惶恐與擔心，讓自己可以歸零。

真正的「休息」，並不必刻意埋下「為了走更遠的路」的伏筆。「休息」，就只是休息而已。

休息，是全然地放空，
心無旁騖地捨下理想與目標，
沒有惶恐與擔心，讓自己可以歸零。

# 渴望成功，還是害怕失敗？給停不下的心一個探問

因為害怕停頓，而不敢休息！我，是典型的代表。最近這幾年，尤其是在想要好好休息、卻一直不敢付諸實踐的過程中，我才慢慢明白了其中的深層心理。

印象中，是重考高中之後，十五歲的年紀，因為嘗盡升學挫敗的痛苦，害怕在放牛班與重考生之間重蹈覆轍，發憤圖強於未知的人生，不論求學或打工，一路瘋狂向前衝，直到當兵、退伍、上班，都沒有讓自己有片刻停歇。

到很多年以後，我發現自己並非為了追求成功而努力，卻是因為害怕失敗而使盡全力。表面上看起來，都是卯足全力、勞苦衝刺，但因為「追求成功」和「害怕失敗」兩者動機如此不同，一開始的起心動念與過程中的情緒感覺，就會有很大的差異，甚至影響最後的結果。

事後想想，我這樣一路狂奔，把青春飛馳成一縷看不見絢爛的白煙，所憑藉的竟不是勇氣，而是恐懼。

我，太害怕失敗了，所以不敢休息。而如此拚命地向前衝，並沒有讓我達到內心真正想要的成功。

認真與放鬆；衝鋒與休息。兩個相對的詞彙，卻都是一體兩面的存在。如果只懂得認真，而學不會放鬆，認真的結果就是事倍功半。倘若只懂得衝鋒，而沒有足夠的休息，衝鋒的極限就是能量用盡，剩下難以恢復生機的疲憊。

懂得認真，而學不會放鬆，結果就是事倍功半。
懂得衝鋒，而沒有足夠的休息，
極限就是能量用盡，剩下難以恢復的疲憊。

三十歲的我，只知道認真與衝鋒；四十歲的我，開始忠告自己：要適時放鬆與休息；五十歲以後的我，漸漸從「知道」朝向「做到」邁進，卻也未能克盡其功。

身處凡塵俗世，難免心有罣礙，是理由，也是藉口。既然還有罣礙，就無法達到《心經》裡說的「心無罣礙，無罣礙故，無有恐怖」的境界。

是的，又再次命中核心問題。恐懼與罣礙，是雞生蛋，也是蛋生雞。

當我在緊湊而忙碌的咖啡莊園參訪行程中，結束一段訪問與學習，離開農場之際，回頭看見猶如石油公司儲油槽的巨型倉庫建築，提出一個其他同行的咖啡專家都沒有感到好奇的問題：「那是什麼？」時，大家的眼光都跟著我的手指方向，等到一個很哲學的答案。

**儲豆槽，是給咖啡休眠的場所。**

這個答案，很稀鬆平常。其他同行的咖啡專家，有的人點點頭示意，有的人像是沒聽見那樣毫無感受，繼續向前走。

休眠，這兩個字，卻深深震撼了我。連咖啡都需要休眠，那我呢？

就像是上天諸神又再給我一次重大的開示，試圖喚醒我冥頑不靈而從未向「休息」絲毫妥協過的心。

# 身心得到充分休息，內在才能獲得穩定

無論是採用日晒、水洗、蜜處理……哪一種方式，當咖啡櫻桃去除果皮、果膠，成為一顆近乎完美無瑕的生豆，必須先靜置三個月到半年的時間，讓經過劇烈震盪的身心得到充分的休息，內在才能獲得真正的穩定。

充分休眠後的生豆，送進乾式處理廠脫殼，經過機器或人工嚴格地篩選，才能出廠。將來，若碰到一位識貨如知己的烘焙師，將它所有蘊含的美好，透過烘焙時溫度與火候的控制，以「梅納反應」的催化，就能釋放出最迷人芳香的風味。

從一顆咖啡豆懂得「休息」的道理，回頭看看我疲於奔命的前半生，「感慨」是不夠用的形容詞，「頓悟」是完全不可觸及的目標，我只能回到日常生活中，更小心翼翼地檢視自己的心態與行程，在被別人高度羨慕與推崇的「時間管理」技術中，強硬地塞入「休息」的計畫。儘管距離「長假」式的休息，還有一段夢幻的空間，但至少已經不是志在千里的伏櫪老驥。

為了照顧母親，公務與家務的時間被壓縮到比從前更加分秒必爭。每天傾盡洪荒之力，若能維持五小時的睡眠，已經是我日常的小確幸。

在這樣的非常時期，除了忍痛割捨可以暫時不做的顧問與媒體工作，我強迫自己加入「書法」與「健身」的課程。我的身體沒能停下來，至少讓大腦休息。

擺一罐玻璃瓶，裡頭裝著尚未烘焙的咖啡生豆，
提醒自己學習善用一段靜默，換取更長久的璀璨。

而上天諸神的叮嚀，無所不在。

「書法」老師指導我，在筆畫的轉折處，要記得「駐筆」，也就是停留一兩秒再往下運筆，不要貪快。

「健身」教練叮嚀我，長出肌肉的秘訣是：充分的休息。

有一段時間，我還驚覺自己已經深度陷入「晚睡強迫症」，非要在忙完家務後，繼續用公務把自己搞到三更半夜，才覺得沒有愧對人生。

後來，我在書桌上擺了一罐透明的玻璃瓶，裡頭裝著尚未烘焙的咖啡生豆，提醒自己學習善用一段靜默，換取更長久的璀璨。

或許也會有那麼一天，我連璀璨的期望都能捨下，純粹在靜默的當下，自得其樂地享受內在的燦然。

若連璀璨的期望都能捨下，
純粹在靜默的當下，
自得其樂地享受內在的燦然。

## 購買咖啡豆要注意哪些事？

1. **避免瑕疵豆**。若是用機器採收，會有較多受傷、不健康的果實，後續處理時很容易脆裂。所以，選咖啡豆時是要看：破損的豆子愈少愈好。如果密封包裝，沒辦法拆開觀察，可以根據外包裝的資料、等級來辨別。

   每個國家地區，依生產環境條件不同，對好咖啡等級的判定方式也不同，像是肯亞、哥倫比亞，是豆子體積愈大、腰圍愈粗，等級愈高。18 目豆，也就是豆寬 7 毫米以上為 AA，其次為 A、B。另一種，是以含有多少不良豆來分級，比如常聽到衣索比亞 G1，Gread 1 就是最高級的豆子，300 克生豆裡頭只有 0-5 顆瑕疵，再來是 G2、G3，數字愈大等級愈差。中美洲產區，則是海拔愈高等級愈好，種植在 1200 公尺以上的豆子為 SHB（Strictly hard Bean）是最高等級，HB（Head Bean）為第二級。最後，有一些機構會進行杯測，例如 SCAA 美國精品協會 80 分才算是精品豆，分數愈高愈好。
2. **注重新鮮**。經過烘烤的咖啡豆，如果放久了，香氣會隨著二氧化碳排出，排光後氧氣進去就開始變質，會產生油耗味。
3. **注意產區**。好咖啡的生長條件，可考慮海拔、土壤、莊園知名度等，可將產區範圍縮得愈小愈好。

Coffee

# — Part 3 —

# 幸福，
# 是淬鍊後的芬芳

咖啡從乾香、濕香，
再到萃取後的時間推移，
氣息和味道都在千變萬化中。

烘焙

改變命運的秘密武器

# 在熾火中劇烈變化，鍛鍊出更理想的自己。

飄洋過海而來的生豆，
在鍋爐熾火試煉中會被怎樣的對待？
不單只是它的機運與造化，
也是咖啡饕客的緣分與幸運。

# 烘出好咖啡，
# 是時間與溫度共譜的舞曲

上咖啡烘焙第一堂課，老師從原理開始講起。

「你們，哪位會做菜？在家裡有炒過菜嗎？」

老師藉由這個非常生活化的居家問題，試著讓學員明瞭，烘焙咖啡最重要的兩個變因：時間與溫度。

要控制好時間與溫度這兩個變因，靠的是：留意調整火力與風門。道理有點像是開手排車的離合器與油門，懂得熟悉操作這兩項功能，汽車才能以駕馭期望的速度，平安順利到達目的地。

相較之下，烘焙咖啡更是一件不容易的事。在短短十分鐘左右的時間，必須分分秒秒留意時間與溫度的變化，傾聽咖啡豆爆裂的聲音，隨時反應靈敏地判斷，並果決地做出決策。

烘焙表上的紀錄表格，逐一註記著由每三十秒的溫度點連結而成的曲線，每一段都是經驗與直覺共同合作的抉擇。

當我雙眼凝望著儀器，雙手不停地操作，等待咖啡豆爆裂聲響的同時，腦海浮現的卻是母親剛中風的那幾年，我開始學習下廚做菜的畫面。儘管再怎麼用心準備也只是一桌家常，但向來追求完美的母親，總是扮演嚴格的廚藝教練，不放過任何細節，督促著我把粗茶淡飯做成山珍海味。

公寓住家的廚房狹窄，母親要我搬一張板凳讓她坐在門口，我在鍋爐上開

分秒留意時間與溫度的變化，
傾聽咖啡豆爆裂的聲音，
每一段都是經驗與直覺共同合作的抉擇。

火倒油，她光聽蔥薑爆炒的聲音，就能命令指揮我該有的進度與節奏。

長期精準調教的訓練之下，我雖沒有成為一個出色的廚師，卻對食物產生非比尋常的敬重。每到餐廳吃飯，碰到廚藝不好的廚師，把好的食材做得很難吃，我就會覺得暴殄天物是全世界最不道德的浪費。

後來，學會烘焙咖啡，認識很多高手，更敬佩他們不但能保留優質咖啡豆的特性，也能將不夠完美的咖啡豆化腐朽為神奇。

烘焙，不只是改變咖啡命運的秘密武器，也讓很多玩家的人生因此變得不同。

隨著大街小巷獨立咖啡館如雨後春筍般出現，就可以看出咖啡產業的新趨勢。即使向同一家貿易商買進同一批生豆，不同的咖啡烘焙師，也能憑藉自己獨特的能力，烘出專屬於自己品牌特色的咖啡。

於是，只要在烘焙上有成熟的技術、獨到的見解、豐富的經驗，再加上一點點說故事的能力，就能開創一家獨具特色的咖啡館。自己在此安身立命，也滿足了不同饕客的味蕾，療癒所有需要被撫慰的心靈。

# 咖啡的烘焙準則，也是人生的教養態度

多年前，電信廠商廣告曾以「世界愈快，心則慢」的主題，打動很多消費者的心。

在這個快速變動的時代中，如何讓自己慢下來，是很重要的練習，甚至是一種修行。但大多數人可能都誤解其中的真正意義，或是覺得自己永遠也無法做到。「快」、「慢」，只是相對的節奏，不是絕對的速度。

如果「匆忙」是一種行動的本質，學著在每一刻的變化中，保持內心的覺察與篤定，這就是一種慢的哲學。

所謂的「慢」，不是動作遲緩，而是心不要跟著趕。

再提升到更靈性的角度來解釋，生活中所有的快速變動，最大的關鍵問題不是速度，而是藏在速度中的無常。

倘若我們對速度的進展與方向，都能瞭若指掌，就會感到心安。相反地，變化中的無常，是指隨時都有意想不到的狀況，沒有心理準備，難免會心慌。

每當我把一批生豆倒進鍋爐，啟動火力、按下碼表、觀察變化，就彷彿進入「益智節目」的搶答時間，腦中響起「噠、噠、噠、噠、噠」的聲音。

剛開始還不熟悉操作的時候，常會自亂陣腳；後來習慣了操作程序與節奏後，同樣是在瞬間快速流動，生豆的烘焙程度還是隨著分秒過去而變化萬千，卻能保持氣定神閒，手腳忙，但心不亂。

火力，是鞭策的力量；風門，是紓壓的出口。
分分秒秒觀察變化，時時刻刻校正調整。
尊重它原來的本質，給予它最大的空間，成全它最好的結果。

能有如此境界的提升，擺脫時間分秒必爭的壓力，不再受困於每個變化的細節，專注在當下的覺察，其中最關鍵的因素，其實並非只是對於火力與風門控制的熟練，而是因為擁有清楚的目標與計畫。

身為咖啡烘焙師，在啟動火力之前，心中要有非常明確的目標與計畫，你想用多少火力，在幾分鐘的時間內讓溫度爬升到什麼程度，想經由「焦糖反應」、「梅納反應」淬鍊出多少甜味、顏色與香氣，必須事先胸有成竹。

當你知道自己最終要往哪裡去，每一步都會堅定篤實地走下去。

將生豆烘焙成熟豆的過程，雖然只是短短的十幾分鐘，咖啡師的角色卻很像是父母，烘焙則如教養小孩的過程，你如何悉心對待，它就如何長大成熟。火力，是鞭策的力量；風門，是紓壓的出口。分分秒秒觀察變化，時時刻刻校正調整。責任，不能輕忽；結果，卻要放手。尊重它原來的本質，給予它最大的空間，成全它最好的結果。

這是咖啡的烘焙準則，也可以是人生的教養態度。

純熟的烘焙技術，能夠讓咖啡展現最佳的風味；正確的教養態度，可以讓子女活出最好的人生。

對於咖啡而言，顏色轉黃，就像是青少年「轉大人」的表徵；而鍋爐裡一爆的聲響，彷彿是它的成年禮，表示生豆已經要變成熟豆了！每次我在烘焙咖啡的鍋爐前，聽見正在發出爆裂聲的咖啡豆，對它如此鎮定地迎接自己劇烈的變化而感動萬分。

撇開栽植的條件先不說，咖啡櫻桃被採集下來後，處理與烘焙，這兩個程序，是後來影響整杯咖啡味道最關鍵的變數。

咖啡的處理，多半在產地進行；生豆飄洋過海來到咖啡館之前，會碰到怎樣的烘焙師？在鍋爐熾火試煉中會被怎樣的對待？不單只是它的機運與造化，也是咖啡饕客的緣分與幸運。

烘焙咖啡，如同一個人熟成的過程。溫度曲線，像是人生各階段的足跡。如何恰如其分地成長，而沒有過猶不及的壓力，或揠苗助長的急躁，是我們面對環境時，最需要調整好的心態。

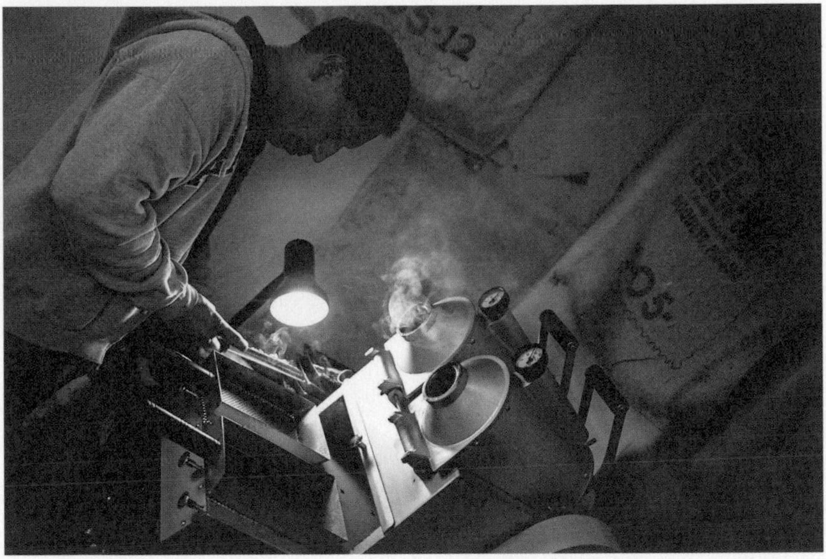

在烘焙咖啡的鍋爐前，
傾聽發出爆裂聲的咖啡豆，
尊重它原來的本質，
給予它最大的空間，
成全它最好的結果。

# 在人生很多莫名的當下，咖啡不只是咖啡

之前經過密集特訓，連續取得「咖啡知識」、「萃取」初階與中階、「調理」初階與中階等五張咖啡師證照，原來不在我的人生藍圖裡，卻意外地在寂寞星空中綻放迷人的煙花，讓我過去充滿必須事先計畫的行程裡，體驗到「臨時起意，順其自然」的另一種可能。當然，對於這領域的證照，不敢繼續有太大企圖心的我，覺得差不多可以告一段落了。

主要是前幾次參加證照考試的過程太驚悚，我萬萬沒有想到，跟幾位有深厚咖啡吧檯工作經驗的學員一起考照，壓力比參加任何考試都還要大。學科，還可以透過理解與背誦補強；術科，真的完全要靠自己瘋狂的投入與苦練。

好不容易，激勵出自己前半生都少有的好勝心，順利取得五張咖啡師證照，我不只一次按捺自己的衝動說：「夠了！」「夠了！」

沒料到相隔一年多，聽見咖啡烘焙課程招募學員的訊息，我連想都沒有多想一分鐘，就決定要登記上課，然後先後報考初階與進階兩張證照。

清晨六點出發去上課的瞬間，仍覺得是一場夢。那時我陪正在治療癌症的母親住院，每天睡在病房的小沙發，清晨起來等著和巡房的主任醫師討論病情後，再用日間空檔處理公務，能夠從根本不可能擠出時間的行程表裡，排除萬難地規劃出參加烘焙課程與考試的時段，必然是內在有需要被救贖與療癒的渴望。

咖啡，看似療癒過去的悲傷，
其實也開啟未來的希望。

沒想到的是，我在咖啡烘焙術科的測驗中出奇地順利，比起前幾張證照更得心應手。除了中間已經相隔一年多，我對咖啡的理解更加深入之外，我想，還是因為這幾年來在家下廚烹飪的經驗。自從母親二十年前中風，從家裡大廚的身分退下，我就被嚴格訓練成必須精準控制火候的小廚師，對時間與溫度的掌握駕輕就熟。

原來，很多事情的發生看似意外，但其實不是真正的意外；而是自己當初行經路途的視野不夠寬廣，或是高度不足以鳥瞰，才會以為每一次遇見的驚喜，都是沒有理由、也無從解釋的意外。

直到累積意料之外的經驗，延展成為命中注定的遭遇，打開心房去完整地臣服與接納，終於看見這些不可思議的連結，都是人生必經的功課。

偶然，其實也是必然。

在人生很多莫名的當下，咖啡不只是咖啡。尤其，當咖啡在療癒受創的情感時，它簡直可以是被認證的神水。

咖啡，看似療癒過去的悲傷，其實也開啟未來的希望。

它之所以具備如此巨大的能量，既能包容各種情緒，也能融合多元理念，我想，是因為在烘焙的過程中，它曾經歷深刻的煎熬，透過本身劇烈的蛻變，而同理眾生所有的甘苦。

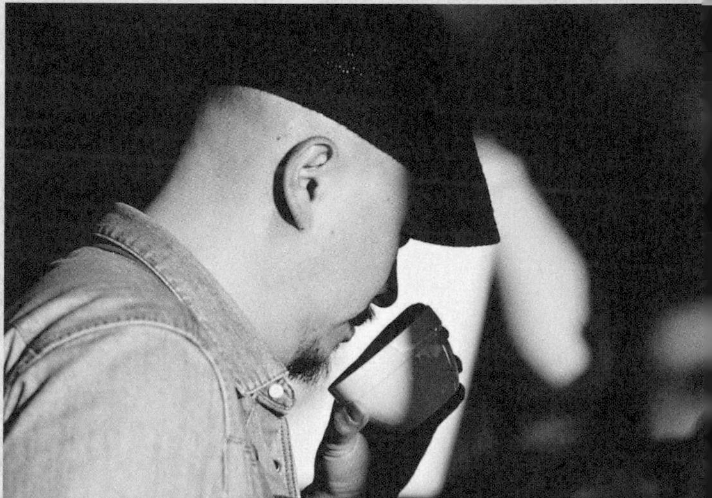

研磨

世間最美麗的撞擊

# 個性粗細有別，相處的方式就要適時調整。

丟棄所有偏見，全然打開你的心，
按部就班聞香啜飲，
就像是你從第一眼就愛上一個人。

## 配合萃取器具，決定研磨的粗細度

壯士，捨身取義！

咖啡豆，在烘焙完成，萃取成為一杯美味的飲品之前，也有一段捨身取「液」的過程，就是：研磨。

從樹枝上被摘下，到進入饕客的口中，無論是時間或工序，咖啡都必須經歷漫長的過程，而且需要很多次樣態的變化。相對於「處理」的壯烈、「烘焙」的煎熬，「研磨」更是粉身碎骨的切割。而這一連串「啡」常曲折的經歷，卻都是造就一杯完美咖啡必經的歷程。

研磨，看似動作小，但是學問頗大。

一般初學者，總是小心翼翼地操作研磨設備的刻度，但其實更重要的是：配合萃取工具與方式的不同，決定了研磨的粗細度。

當沖煮器具所需萃取的時間比較短的時候，像是濾紙或塞風（Syphon），為了增加咖啡粉跟水接觸的表面積，最好要把咖啡顆粒研磨得比較細，才不會萃取不足；相對地，當沖煮器具所需萃取的時間拉長，例如濾壓式沖泡法，研磨的顆粒就必須稍微粗一點，以免過度萃取而產生不必要的雜質，和太多的苦味。

若是對咖啡再多深入研究一點，就能理解：即使是同樣來源的咖啡生豆，也會因為烘焙程度的差異，而有不同的密度。

先了解對方的特質，以及你最想要的結果。
如同咖啡研磨，人與人之間的對待方式，
也必須因人而異。

舉例來說，深焙的豆子失重率高，膨脹率大，重量較輕，密度較低，研磨粗一點，萃取出來的咖啡風味較佳。

我有些自詡為文青的好友，很喜歡手動研磨的手感。尤其若是獨居，每天只為自己沖煮一杯咖啡，所需的咖啡粉量較少，買個手動研磨的小器具，確實是很方便也很實用的選擇。但是，我個人還是比較偏好以機器自動方式來研磨，才能精確掌握顆粒粗細，而且均勻。

無論是人工手動，或機器自動研磨，決定咖啡顆粒粗細的程度，很像是人與人之間的對待方式，必須因人而異。

有人適合粗枝大葉地「作伙」；有人需要細心精緻地相處。

有人吃軟不吃硬；有人會因為霸氣而折服。

你必須先了解對方的特質，以及你最想要得到的結果，才能決定用哪一種方式溝通。

千篇一律的對待方式，常會導致對牛彈琴的局面，既辜負自己的一番心意，甚至白白耗費許多努力，卻始終未能如願以償。最後還可能誤會對方冥頑不靈，無藥可救。其實，努力不只是要用對力，依照溝通對象的特性，來選擇相處的方式，才是明智的做法。

# 嗅聞研磨的乾香，和咖啡第一眼就鍾情

沖煮咖啡前，親自磨研咖啡，會得到第一手最新鮮的嗅覺享受：乾香。這是一般只習慣到便利商店外帶咖啡，或是到連鎖咖啡店點選飲料的消費者，比較陌生的體驗。

如果你來到以手沖咖啡為號召的咖啡館，就有機會再點好咖啡豆之後，聞到咖啡師在研磨後的第一瞬間送到你鼻尖的香氣。這將會是你和手上這一杯咖啡非常迷人的第一次接觸。試著深呼吸，用你最敏銳的嗅覺，品味咖啡最誠懇的氣質展現。

接著，你會充滿好奇地引頸期待，沖進熱水之後的濕香，以及萃取完成後，嗅覺與味覺的完整享受。

乾香，是咖啡豆被研磨成粉狀後，由內而外所散發出來的清香。跟注入熱水後的濕香，會有一些不同。

咖啡杯測表格中，乾香與濕香，是獨立的欄位，分列於品鑑咖啡的第一欄與第二欄。

但請你務必開放所有的感官，暫時擱下過去所有的經驗，千萬不要在這一刻妄下斷語。咖啡從乾香、濕香，再到萃取後的時間推移，氣息和味道都在千變萬化中。

別說專業咖啡師了，就算只是一般消費者，最厲害之處不是在第一秒鐘就

研磨後第一瞬間送到你鼻尖的香氣，
試著深呼吸，用你最敏銳的嗅覺，
品味咖啡最誠懇的氣質展現。

決定你是不是愛上這杯咖啡，而是毫無成見地在每一刻誠懇忠於自己的感覺。

丟棄所有偏見，全然打開你的心，按部就班聞香啜飲，就像是你從第一眼就愛上一個人，然後終生相守到白頭，還能回味無窮。

初識一個人，能在瞬間一見鍾情，是一種浪漫的幸運。從一見鍾情，到一生相守，就不只是一輩子的幸運可以解釋，而是三生有幸。

然而，世間不乏一見鍾情卻無法相守的例子，也有很多分分合合的伴侶。各種情感模式，猶如你的感官如何對待每一杯咖啡，任何一個階段都能以自己的愛惡表達評論，決定淺嚐即止、或一飲而盡。但能夠有始有終的人，總是比較能夠感受完整，體驗深刻。

專業的咖啡買家，很少在乍聞乾香的片刻，就做出交易的決策。就算他初步已經有定見，也會給自己和咖啡，多一點相處的機會，多一些珍惜的緣分。

很多店家銷售咖啡，都強調「現磨」。這個「現」字，可以解釋成「現在」，也就是「當下」，另一個意義可以是「現場」。但跟「現磨」同等重要的是「現沖現煮」，期望的是一種時間與空間都因緣俱足的新鮮。

當然，你也不必掉落「現磨」、「現沖」、「現煮」的陷阱，因為前提是咖啡豆必須新鮮，也就是剛烘焙好的豆子。否則咖啡豆放久了就會出油，風味變調之後，無論怎麼研磨，都已經無法挽回。

# 咖啡，教會我——不過度以直覺處世

熟識多年的親友，都知道我對「從照片看個性」有些天生的興趣，常常希望透過我這一點點「識人之明」，提供戀愛或用人的參考。

年紀較輕的時候，勇於直口斷言，難免提早拆散不適合繼續相處的伴侶，多次事先阻斷不適合一起工作的同仁。漸漸步入熟年，做人比較圓融，懂得有所保留，讓此生有機會結識的兩個人，各自在相處中經歷他們該學習的功課。

有位女性讀者在倫敦攻讀碩士，短短兩年就失戀四次，每段戀情都被劈腿。她把在交友 APP 上認識的新任男友照片寄給我看，要我幫忙給意見。

我一看照片就能辨識男方態度不夠誠懇，習慣過度隱瞞自己的經歷與想法，但沒有在第一時間說破，只提醒她：「要多花一點時間觀察與相處，不要用第一印象去判斷這個男人，你會發現他有不同的面向，屆時再決定要不要深入交往！」

正在異鄉求學的她，可能寂寞難耐，加上原生家庭沒能給她足夠的安全感，使得她「求愛若渴」，未能保持理智的防線，第三次約會就墜入感情深淵，不可自拔。才交往六個星期，兩人多次利用週末小旅行，她陸續發現真相：對方離過一次婚，與再婚的第二任妻子還在協議分居，根本不是真正的單身。

幸好她覺察能力很強，立刻踩剎車。雖然分手時傷心欲絕，但也再次為自己好好上了感情的一課。

願意暫時放下銳利的直覺，讓彼此留點餘地，
就算事後證明最初的決定是對的，
過程中無關對錯的情味，會是人生的另一種收穫。

結束戀情之後，她感慨萬千地說：「權哥，回想起來，你是不是第一眼就看出他有問題，而且曾經提點過我？」我只能安慰她：「沒有人是完美的，重要的是你要自己去發現。」

在職場擔任企業顧問，我常受企業主之託，面試中高階主管，我也盡量抱持「多給對方時間與機會」的立場，不要只憑第一印象，就扼殺對方可能還有其他才華的可能。

即使有不少次，我都會敲自己的腦袋自責：「為什麼不在第一秒就相信自己的直覺?!」但現在的我，更需要避免的是：過度以直覺處世，讓自己變成一個專斷無情的人。

我確實忙到沒有太多時間可以浪費，單純處理事情的時候講求絕對的效率，但只要牽扯到人的環節，我都會刻意放慢腳步去感受細節。成敗，不足以論英雄；結果，不能論斷過程。

深入研習咖啡以來，我常在不同的階段，以咖啡的原理，對應人生的道理。如同研磨咖啡粗細顆粒的精準，以及初聞咖啡乾香對風味的判斷，若願意暫時放下銳利的直覺，讓彼此留點餘地，就算事後證明最初的決定是對的，但過程中多了一點無關是非對錯的情味，將會是人生的另一種收穫。

咖啡，教會我在為人處世中，不必太努力提醒自己，就能由衷地謙卑。

# 研磨咖啡要注意哪些事？

咖啡豆磨成粉後，受氧化的面積變大，有時還會因內含的油脂而散發酸敗味，所以要盡快喝完，或沖煮前才研磨咖啡豆，較能保留住咖啡的芳香。研磨時要注意：

1. 顆粒大小要平均
2. 減少產生熱度
3. 減少產生細粉
4. 選擇適合萃取器具的研磨度

要留意萃取時間，咖啡粉跟水接觸的時間愈長，粉粒就應該愈粗，以免造成過度萃取，出現苦澀味道；若是萃取時間愈短，就要磨得比較細，以免萃取不足。唯有適當的萃取，才能將咖啡中好的成分完整釋出，將劣質物留於纖維質中。

快速萃取的 Espresso，需要極細的研磨度；濾壓式沖泡法為了使咖啡能充分浸潤以釋放芳香，就需要比較粗的研磨度。

建議咖啡初學者，可以拿家裡常用的 2 號砂糖來比較。若是用濾紙手沖或塞風沖煮，研磨的粗細度差不多就類似 2 號砂糖的粗細。如果用摩卡壺，沖煮時間短，就要磨得比 2 號砂糖細；如果是用美式咖啡機，就要磨得比 2 號砂糖更粗。

萃取

付出一生的精華

# 知己知彼的完美遇合，融為一體，共譜浪漫戀曲，讓愛意涓流成河。

只要是用心萃取的咖啡，不以好壞評價，
重要的是說出自己的堅持，尊重別人的想法，
風味各有所好，總會找到知音。

# 萃取一杯好咖啡，是水與咖啡的完美搭配

沖煮一杯近乎完美的好咖啡，在入喉之前的最後一道手續：萃取，所需要的就是「水」與「咖啡」的完美搭配。只要搭配得好，既是郎才女貌、也門當戶對、更是天作之合，當然也可以說是伯樂與千里馬的相遇。

偏偏，「水」與「咖啡」的變數很多，就像兩個優秀的人要合作無間，必須了解雙方的特質，以適合的方式進行，否則水會糟蹋咖啡，咖啡會辜負水。水，是不簡單的；咖啡，也是不平凡的。兩者，都非常獨特。唯有英雄惜英雄，才能共創奇蹟。

沖煮咖啡的水，能發揮影響力的變數，包括：水質、水溫、水量，甚至是水的流速；再加上咖啡豆的烘焙程度。

以水溫來舉例，某家咖啡連鎖店品牌在市場上打出響亮的知名度，許多人便很直覺地聯想到，最適合沖煮咖啡的水溫是攝氏八十五度。話雖沒錯，但這個溫度只是一個通則。

其實沖煮淺焙的咖啡豆，尤其是風味絕佳的品項，可以用稍高於九十度的溫度萃取，讓酸甜共振；相對地，萃取深焙的咖啡豆，不妨用略低於八十五度的熱水注入，以免釋出太多焦苦的味道。

如同老師對學生，要因材施教；企業用人，要把員工的才能和優點放在對的地方，避免缺點被放大而造成困擾。

好的咖啡，需要適合它的水，才能萃取出最佳風味。
好的人才，需要適合他的際遇，才能發揮最大的潛能。

回想起當年剛出社會的我，對工作充滿熱情，喜歡迎接挑戰，無法安於重複與例行的事務。一旦對手邊的工作上手，就感到百般無聊，索然無趣。常常為了這個理由，想要跳槽轉換工作。

歷任過幾家大型的科技公司，在HP、Microsoft這兩家公司任職的時間比較長，平均大約各待四年之久。原因是我的直屬主管非常了解我的特質，觀察我在對工作駕輕就熟之後，開始覺得乏味之前，迅速轉換我負責的產品線，或適時幫我在職務上安排升遷，以更大的舞台，滿足不斷想征服自己的我。

每次以手沖方式萃取珍貴的精品咖啡，注入大約九十度左右的熱水，靜靜等待水流以順時針方向均勻滲流入鋪整均勻的咖啡粉中，我都會從內在深處升起溫暖甜美的感恩之心，謝謝當初懂得善待我的主管，猶如此刻緩緩飄出的咖啡芳香。

身為企管顧問，常遇到很多獨立咖啡館老闆，跟我抱怨：「現在年輕人很難管理，動不動就跳槽！」我都會用萃取咖啡為比喻，讓他秒懂對待的方式，以及用人的哲學。

在萃取階段，水是咖啡的靈魂。水中的礦物質含量，會直接影響萃取咖啡的風味。好的咖啡，需要適合它的水，才能萃取出最佳風味。好的人才，需要適合他的際遇，才能發揮最大的潛能。

# 手沖，
# 傳遞技術層面之外的理念與心意

在以機器快速沖煮咖啡的連鎖店密布市街的同時，強調手沖萃取的獨立咖啡館，也逐步在咖啡饕客心中佔據一席之地。甚至有愈來愈多的知名咖啡連鎖店，之前是以機器快速沖煮咖啡，都開始加入手沖咖啡的吧檯，滿足對於手沖咖啡特別嚮往的愛好者。

咖啡以機器按壓或手沖方式萃取，表面上看起來，兩者最大的不同，在於過程中的精緻程度。但其實真正的差異，是傳遞咖啡師所有技術層面之外的理念與心意。

機器是以模擬「金杯萃取理論」的模式，以設定好的壓力、水溫與流速，搭配咖啡粉的數量，萃取出一杯幾乎不會失手的咖啡，穩定度非常高。

專業連鎖咖啡館的義式濃縮咖啡（Espresso），可以說是最快速的一種機器萃取方式，設備非常昂貴，從新台幣萬元起跳的陽春型，到數十萬元的專業咖啡機，業者購買設備的投資，常等同於把一台國產車停在咖啡桌上操作。

手沖方式萃取，因為採用的器具不同，分為浸泡滴濾、虹吸、塞風、摩卡壺等。依照咖啡豆種類與飲用者的偏好，咖啡師能夠擁有更多的自由度，但必須有絕對純熟的技術與接近完美藝術的用心，才能恰如其分地萃取到剛剛好的地步，得到一杯風味絕佳而且獨特的咖啡。

正因為手沖萃取過程要控制的變數很多，每個專家都有自己結合實務經驗

任何正在面對與遭遇的經驗，就像是熱水，
只要毫無抗拒地去經歷，
就能萃取出內在最珍貴的精華。

而鑽研出的一套理論。即使是同一批出產、同一批烘焙、同一包裝袋、同一種顆粒大小的咖啡豆，經過不同的咖啡師手沖，都會展現不同的風味。

大街小巷內的獨立咖啡館，因此有了各自生存致勝的空間。有自己想法的咖啡師，總能吸引到愛戴他的粉絲群。

基於商業倫理與個人修為，檯面上很少店家或咖啡師會互批對方，私底下每個咖啡專家對自己的見解與手藝都相當自信，各有各的山頭。

投入研習咖啡多年，加上製播主持廣播節目的機緣，讓我有許多機會訪問到咖啡專家，有的是擁有自己風光經營的店面，有的是在教學上深受敬重的老師，有的是出國比賽得獎的奇才，他們對於萃取咖啡都各有自己的密技，也深深樂在其中。

我發現只要是用心萃取的咖啡，不能以好壞評價，重要的是說出自己的堅持，尊重別人的想法，風味各有所好，總會找到知音。

這也是我繞了半輩子的人生行路，來到中年才懂得、也漸漸擁有的平衡點，學會在謙卑與自信中怡然自得。

從小生性敏感的我，很容易在短暫接觸人與事之後，做出主觀的好惡選擇，而且累積很多鐵口直斷的經驗，對自己的判斷深信不疑。即使因為禮貌，沒有將對人對事的評論脫口而出，確實保護自己、也不得罪別人，但心中愛恨的界線非常明確，不容侵犯。

我後來慢慢發展出來的自信，絕大部分都不是因為自己做出什麼了不起的事，或是多麼超群絕倫的優異表現，也沒有對社會人群有任何卓越的貢獻，反而是因為自己經歷很多人生幽谷的慘痛，在挫折中學會承擔，在悲憫中懂得同理，慢慢累積內在的敦厚，重新建立開放的心胸，終於可以無條件捨棄對別人嚴厲的評論，才知道過去那些看外在環境的不順眼，都是對自己內心世界的不滿。

於是我練就隨時讓自己歸零的能力，尤其當主觀意念上身，又開始有所評論的當下，立刻提醒自己：我是剛磨研好的咖啡粉，任何正在面對與遭遇的經驗，就像是熱水，只要毫無抗拒地去經歷，就能萃取出內在最珍貴的精華。

很多朋友驚訝於我年過半百，還能放下身段去學習咖啡、鍛鍊重訓、練習書法……，其實對我來說，根本沒有所謂的身段，何來放下呢？

學習任何技能，謙卑的態度是最基本的，專注的精神更是不可或缺。而學會之後，是否能持續保有最初的謙卑與專注，就是長久立於不敗之地的關鍵。

我在學習萃取咖啡的階段，非常戒慎恐懼，連右手持熱水壺的姿勢、角度、力道都十分講究，以期能達到均衡注水的標準。

有一天清晨，我在家為自己沖煮咖啡，一邊想著接下來的行程，不夠專注的結果，是萃取過度，注入太多熱水，時間也拖得過長，哪怕只是超過標準值一點點，都嚴重影響了這杯咖啡的風味，味道變得很淡，尾韻顯得苦澀。

每一道水注入每一克咖啡粉，都有它們各自的機緣，只要彼此用心相待，都能萃取出一杯風味恰到好處的咖啡。水與咖啡粉，相伴相依，猶如知己知彼的完美遇合，融為一體，共譜浪漫戀曲，讓愛意涓流成河。

如果因為一時無知，彼此糟蹋、相互辜負，痛苦過程後，也會是一段美好的經驗，就像生命中每個無法重來的遺憾，都會是一次寶貴的學習。

# 真正的職人精神是，扎實技巧下忠於自己

以手工沖煮萃取咖啡，真的是一門藝術。具備豐富的知識，了解咖啡豆的特質，加上熟練的技術，是很重要的基底，接下來才能在短短的時間中，依照個人的理念，萃取出一杯獨特的咖啡。

儘管萃取出來的咖啡風味，是微酸、甘甜或醇苦，不同的滋味都能吸引不同的愛好者，但還是有些基本原則和客觀標準不能違逆，否則就是好於爭辯的外行人。先不用講特殊風味是否真的到位，最簡單的判別標準，也是初學者常犯的萃取錯誤：過度與不足。

過度萃取，讓咖啡的雜味與苦澀盡出；萃取不足，則完全埋沒了優質咖啡該有的特色，是一種莫大的辜負。內行人一喝就知道，完全騙不了人。

我從小守本分，無論學習什麼技能，都老老實實按部就班來，既不想走捷徑，也從未巴望一步登天。常看到身邊有些人沒有深厚底子，就想要走偏門，以刻意炫技來掩蓋自己缺乏基本功的取巧行為，就替對方感到有點難為情。

最近開始重拾毛筆學書法，老師特別強調要先把楷書練好，我也特別下工夫苦練。從最基本的筆畫，點、橫、撇、捺……開始，一筆一畫，找回自己的初心。

我在國中念放牛班那幾年，完全沒在學業上長進，倒是因為接受阿姨的委託，週末都要帶表妹去上書法課，而有機會讓我以隨班附讀的方式接觸行書，

過度萃取，讓咖啡的雜味與苦澀盡出；
萃取不足，則完全埋沒了優質咖啡該有的特色，
是一種莫大的辜負。

還因此胡裡胡塗得到中日書法交流協會的書道獎。當我年過半百，機緣巧遇重新學書法，本來最想要學的是行書，但後來還是決定聽從老師的忠告，將過去一切基礎打掉重練。

先學規矩，再求變化。否則，龍飛鳳舞的筆觸中，很容易洩漏基礎不夠扎實的窘境；或許，外行人看不出來，內行人懶得說穿，只剩下自以為是的感覺良好。

研習咖啡的這幾年，接觸很多默默耕耘、具備真正職人精神的朋友，從他們篤實誠懇地付出努力，純粹忠於自己的作品，到與世無爭的境界，只是一心一意要把分內的工作做好，讓我隨著咖啡一點一滴找回自信。

知己好友相聚時，耳聞我通過咖啡師證照考試，好奇地問：「為什麼每次看到萃取咖啡的畫面，都覺得很美、很感動？」對這一切了然於心的我，有感而發地給出以下的答案：

咖啡，窮盡其畢生的努力，途過千山萬水，歷經千變萬化，從樹上的櫻桃姿態，在處理過程中除盡皮肉與外殼，再被烘焙研磨，最後萃取精華，化成琥珀色的滴滴涓流，在人們口中結束浪漫而勇敢的一生，終能流向大海，化作雲霧雨露，降於大地，滋養另一棵咖啡樹。

真的。很美，很動人！

## 最適合沖煮咖啡的水溫？

直接將沸騰的開水拿來沖煮咖啡，其實並不適合，因為水的溫度較高，咖啡萃取物就會比較多。雖然一般認為萃取物愈多，味道愈濃，但並非是最佳口感，有可能會溶入其他雜味，導致咖啡過於苦澀，不易入口。真正適合煮咖啡的水溫，約在攝氏 85 度到 92 度。

要沖煮出一杯好喝的咖啡，請把握幾個重點：

1. 選擇適合自己口味的沖煮工具
2. 挑選新鮮的咖啡豆
3. 配合沖煮工具正確的研磨度
4. 沖煮的水質，不要硬度高的礦泉水，也不要沒有任何礦物質的純水
5. 沖煮的溫度與時間要掌握好

拉花

我以十年換你一刻

# 融合視覺與味覺的藝術，療癒每一顆需要被撫慰的心。

一顆優美真誠的心，從奶泡流動的姿態中成形，
終於懸浮於咖啡的上層，
討好著渴望幸福的眼睛，滿足著渴望喝飲的嘴唇。

# 咖啡加牛奶，消解鄉愁的溫暖魔力

咖啡，本身是非常療癒的飲料；加上牛奶後，撫慰的效果加倍相乘。拿鐵，就有一種溫暖的魔力。

熱熱的喝，固然熱血熱腸；冰冰的飲，居然也暖心暖胃。再悲傷、挫折的情緒，一杯拿鐵都能將它溶解。

拿鐵，是市面上銷售量僅次於美式的咖啡飲品。對拿鐵情有獨鍾的消費者，各有不同的愛好理由。有的是剛接觸咖啡，想用牛奶的香醇，掩蓋咖啡本身的酸苦；有的是純粹喜歡牛奶與咖啡結合的風味；有的是樂於享受綿密奶泡的口感；有的是愛上拉花圖案的美感。

我的咖啡經驗，從童年開始。父親用飛利浦咖啡壺濾滴的沖煮咖啡，比較接近於市面上所稱的美式咖啡；後來在歐洲工作期間，接觸到的都是以義式咖啡為主；直到幾次因為個人旅行或公務，往返西雅圖，看見星巴克如雨後春筍林立於街頭三角窗店面，發現很多人都點拿鐵，嘗試喝了幾次，暖暖的咖啡牛奶頗能撫慰鄉愁，就開始把拿鐵列入選項，甚至有一度還反客為主，成為我在異鄉咖啡館的主要選單。

有些連鎖店的美式咖啡，因為處理得不夠用心，完全辜負咖啡的美味，弄得像一杯苦苦的藥水，這時候，點拿鐵確實可以力挽狂瀾，解救咖啡與味蕾。

在許多獨立咖啡館，對杯飲拿鐵上的拉花，十分講究。它也是咖啡師對著

一杯風味絕佳、拉花圖案優美的拿鐵，
從視覺到味覺，都很療癒人心。

消費者，表現他的手藝與心意，最直接的方式。

之前在大型連鎖咖啡店點的拿鐵，用紙杯盛裝，以杯蓋密封，比較少見拉花的表現。最近這幾年，連鎖咖啡店吧檯上臥虎藏龍，點拿鐵時，也常有拉花的驚喜。

一杯風味絕佳、拉花圖案優美的拿鐵，從視覺到味覺，都很療癒人心。

牛奶，在拿鐵中扮演舉足輕重的角色；奶泡，則是拉花是否成功的關鍵。最近這幾年，我專程去點拿鐵的次數減少，有兩個原因：第一，若想喝精品咖啡，還是以原味為宜，不加糖、不加奶，風味最純粹。第二，市面上所謂的「鮮奶」種類很多。多數看似誠信的商家，都以合成乳或還原乳魚目混珠。少數負責的商家，會讓消費者自行選擇，價位也就不同。

過去咖啡尚未風行的年代，懂得指定喝「拿鐵」的人並不多。若想加點牛奶調味，多數是加「奶球」。世上最早推出的奶精，是在一九六一年，比我的年紀還資深啊。當年的「奶球」其實不含牛奶成分，是由植物油脂提煉出來的，有反式脂肪的顧慮，不符合現代人對健康的要求。

即便如此，在濕冷的天氣裡，喝杯用真正鮮乳打出奶泡、有美麗拉花圖案的一杯拿鐵，還真的有種被愛的溫暖與感動。

# 用太白粉練拉花，釋放雙手的羈絆

每杯拿鐵上面的拉花，對我來說，本來只是視覺的享受，報考咖啡師證照後，卻變成壓力超級大的挑戰。

上課練習拉花的第一天，才知道自己是多麼不知天高地厚。同一梯次報考的學員，都是在咖啡館工作多年的好手，只有我是不在業界工作的初學者。當場看到他們氣定神閒、胸有成竹，短短幾秒鐘時間，用兩雙巧手，以奶泡為筆、咖啡為紙，畫出美麗的圖案，讓我既震驚又佩服，接著壓力排山倒海而來。

「你……你這樣練了多久？」我瞠目結舌地問鄰座的學員。

「嗯，大概半年喔！至少五百杯有吧。」他很客氣地回答。

接下來，每個要考證照的學員，都變成幫我惡補的小老師。

上課認真筆記，下課請教同學，不斷上網看 YouTube 影片……，都無法解除我面對考試的焦慮。其他同梯學員都在咖啡館工作，即使需要惡補也很方便；但咖啡素人如我，一時之間不知道該如何以最短的時間速成？

有一天清晨起床刷牙時得到靈感，我可以利用兩個牙杯練習啊。天真地想著：只要我左右手各用一個盛水的牙杯，各自代表奶泡與咖啡，每天拉個一百杯，累積五天就會有五百杯，用來做考前衝刺！

一口氣用清水拉了二十幾杯，手感愈來愈好。正當開始建立信心之際，頭腦的理智警鈴響起：「清水的濃稠度，與咖啡、奶泡有些差異，這樣練習的手

在拉花的路上前行，猶如奶泡與咖啡的迴旋，
即使是最基礎、也最簡單的心形，都可以變化萬千。
層層疊疊的是心境與技術，也是認真與放下。

感，未必能接近實作啊。」

於是靈機一動，到廚房找到一包太白粉，以做菜勾芡的原理，幾度調整比例，終於模擬好咖啡與奶泡的濃稠度，從此奠定素人在家學拉花的基礎，至少先把手式練好，熟悉奶泡落點，確定收尾拉高處，等到有機會找熟識的私人咖啡館練習時，就不至於浪費太多材料。

相隔一個星期，回到教室上課，現場打奶泡拉花，老師和同學們看到，都很驚訝於我的進步。

當環境資源不夠，我深信「窮則變；變則通！」的道理。家裡沒有專業咖啡設備，也浪費不起那麼多的咖啡與牛奶，我就發明調製混入太白粉的清水練習。

發現自己欠經驗而技不如人，就以「勤能補拙」的精神，每天起床狂練一百杯；超過五百杯後，終於有了基本的樣子，才赴戰場考試。

通過咖啡師認證後，深怕久久沒練就生疏，每次經過朋友開的咖啡館，就進去拜託他讓我來打工一小時，順便練習拉花。苦苦守在吧檯邊，殷殷期盼客

人點的是拿鐵，有訂單來才能拉花。若拉花成功，就順利賣出；如果圖案不滿意，只好請熟客幫忙多喝一杯。

回顧過去，我就是靠著戰戰兢兢的心念，活到下半生。直到學習咖啡後，漸漸熟練地在剛萃取出的咖啡油脂上，倒入奶泡，拉出如洋蔥層次的心形圖案，慢慢開始浮現對於舒緩的渴望，是一種「不再苛求自己」的提醒，也是一種「已經夠好，不必最好」的寬恕。

在拉花的路上前行，猶如奶泡與咖啡的迴旋，即使是最基礎、也最簡單的心形，都可以變化萬千。層層疊疊的是心境與技術，也是認真與放下。

剛開始練拉花的階段，因為緊張而不聽使喚抖動的手，居然可以順勢搖擺成為美麗的弧線與層次。

來到愈來愈熟練的階段，執握奶泡的手穩定度提高，反而得失心很重，無法自然地左右擺動，圖案跟著變得僵化。

必須要能克服心魔，突破恐懼失敗的障礙，才能重新釋放雙手的羈絆，讓輕扶著咖啡杯但要隨時調整角度的左手，和能夠得心應手讓奶泡杯自然搖擺的右手，以默契十足的節奏感相互搭配。

一顆優美真誠的心，從奶泡流動的姿態中成形，終於懸浮於咖啡的上層，討好著渴望幸福的眼睛，滿足著渴望喝飲的嘴唇。

過去與未來，好的與壞的，
愛的與不愛的，記得的與不記得的，
都將在酸甜共振間，
層次分明地一一迴流於心田。

# 一顆如洋蔥般層次分明的心，愈簡單，也愈美麗

咖啡拉花，是融合視覺與味覺的藝術，療癒每一顆需要被撫慰的心。

無論是學習拉花過程中的拜師學藝，認真搜尋 YouTube 上拉花專家的作品，參考咖啡拉花書上的技巧，或是後來刻意到不同的咖啡館品嚐並觀摩所遇見的體驗，我親眼見過許多精緻美麗的拉花圖案，其中有些甚至有創意到令人歎為觀止，連立體的小熊或動物都能浮現在咖啡上。

能夠在世界拉花比賽中脫穎而出的獲獎者，都是苦練多年的高手。若說是以十年工夫換得一刻，也不為過。

對於複雜而困難的技巧，我佩服到五體投地，也願意認真學習；但是回到生活日常，已經以義式單品咖啡為主要選項的我，偶爾還是會有喝拿鐵的時候，如果你問我最喜歡的拉花圖案是什麼？我的答案是：「心形！」

除了心形本身的意象，具備豐富而溫暖的特質之外，我一直覺得愈是簡單的東西，愈美麗、也愈持久。

心形的圖案，既然可能是每一位咖啡師練習拉花時最初的開始，當然也就具備了「莫忘初衷」的意義與提醒，也會是千山萬水之後的反璞歸真。這是最困難、也最珍貴的精神。

如果一位拉花大師，已經熟練到閉著眼睛，都能拉出非常複雜的圖案，而還是能夠以毫不炫技的收斂，認真誠懇地拉出如洋蔥般層次分明、精巧優美的

咖啡師用傾聽的耳朵，
交換顧客將咖啡入口之後說出的心事。
然後，在杯盡人散、離開吧檯的那一刻，兩相忘於江湖。

一顆心，這已經是「無招勝有招」的境界了。

平日童心不減的我，其實很愛卡通圖案，唯獨面對眼前的拿鐵，我沒有特別鍾愛立體球狀的動物造型拉花。因為視覺的趣味效果，很容易喧賓奪主，掩蓋掉咖啡才是主角的事實。

但每當我心念中又出現一絲一毫的評論，咖啡好像就又跳出來提醒說：「拜託！少在那邊自以為是了，我沒有那麼愛搶著當主角，好嗎？」於是，就讓浮動的球狀奶泡，形塑卡通造型的圖案，豐富咖啡的世界吧！

最近有商家還引進電腦繪圖的技術，完全不用靠人工，以機器全自動方式，在咖啡上印刻出任何精美的圖案，包括為飲用者在現場拍攝的人像照片，都能複製在咖啡拉花的圖案上！

朋友說：「ＡＩ興起，咖啡師將失業了。」

我倒從來沒有以這種邏輯設想過咖啡師的前途發展。真誠的用心與眼神的溫度，是ＡＩ最難取代的特色。最厲害的咖啡師，為你沖煮的不只是一杯咖啡，而是心靈最深處的療癒之泉。

咖啡師用傾聽的耳朵，交換顧客將咖啡入口之後說出的心事。然後，在杯盡人散、離開吧檯的那一刻，兩相忘於江湖。

朋友聽完，比我更有心機地驚覺：「難怪你這幾年，神經病似地拿這麼多證照，原來你就是想成為那個集咖啡師、心理諮詢師、靈性療癒師於一身的人！」

我很認真地用開玩笑的語氣說，我真的是故意要這樣做的喔！顯然這真的是未來不會被ＡＩ取代的工作呢！

## 咖啡歐蕾和拿鐵咖啡有什麼不同？

可以從兩方面來看——

**1. 牛奶使用**

咖啡歐蕾：先將牛奶溫熱後，再加進咖啡裡。

咖啡拿鐵：用蒸氣將牛奶打成濃密奶泡，可引出牛奶裡的甜味，再加進咖啡裡。

**2. 沖泡比例**

咖啡歐蕾：咖啡和牛奶的比例是 1:1。當然，沒有硬性規定一定要等量，仍可以依照個人喜好去調整比例。

咖啡拿鐵：咖啡和牛奶的比例是 3:7，也就是牛奶比較多。很多人容易有誤解，以為牛奶放得多，咖啡就會變淡，但其實拿鐵所用的咖啡，是濃縮咖啡喔。

杯具

將愛盛裝滿載

# 杯子，
# 決定了咖啡的承載；
# 情感，
# 在杯子與杯子之間
# 連結與流傳。

咖啡，與咖啡杯，
始終保有緊密依存的關係。
既是功能的，也是心靈的。

# 咖啡與飲者之間心靈交流的中介

一位長輩開咖啡館，經營多年，店面與顧客相偕老去。連地點也因為商圈的轉移，而讓生意顯得衰微。他不再以利潤為營業首要目標，決定不惜成本重新裝修，呈現更俐落簡潔的風格，與時並進。

咖啡館裝修後，生意跟之前差不多，店裡還是那些老客人。新的裝潢；舊的客人。像是火車換了新的車廂，每天在窗外流動的還是昔日的風景。咖啡桌上的故事，來來回回，一遍又一遍。

重新開幕幾個月後，我受邀去跟他聊天，坐在重新裝修的店裡，有種時光錯置、恍如隔世的夢幻感。眼前一切陳設幾乎都是新的，但咖啡豆是之前的風味，杯盤也是舊的。瓷杯上高檔材質的金邊，已經在營業四十年的時光中露出磨損的斑駁。

為什麼不換掉呢？

這位長輩見多識廣，每年多次出國到歐美洽商，對美學也有高度自我要求，整家店面重新裝潢而不換掉咖啡杯盤，唯一的個人理由，就是：懷舊。即使，很可能因為這份懷舊而阻擋了他和新客人建立連結的機會，他也不在乎。

他聊起當年剛成立這家咖啡館時，是如何用心設計這些杯盤，往返鶯歌和新竹等大小規模的瓷器場，在純金與K金中抉擇……。我專心聆聽的同時，眼光凝視著杯盤上脫漆的痕跡，所有的殘缺破落，都在剎那間因為故事而變得

淺底、白色、簡潔的咖啡杯，
突顯了咖啡本身的純粹。

豐盈美好。

有些人堅守自己的理念與原則，即使曲高和寡，只求無愧於心。這份認真，像是過濾的機制，自動捨棄與「道不同，不相為謀」的對象往來，形成熟年人生引以為傲的「被討厭的勇氣」。

咖啡，與咖啡杯，始終保有緊密依存的關係。既是功能的，也是心靈的。以功能來說，咖啡杯，是盛裝咖啡的容器，讓咖啡汁液有了立體的樣貌。形狀、設計、顏色，確實會影響到咖啡的風味，淺底、白色、簡潔的杯具，會突顯咖啡本身的純粹。形體太大、底部太深、杯裡顏色暗黑、杯外圖案花俏的杯具，對只想好好品嚐咖啡的人來說，往往是個悲劇。

即便文創風氣當道，許多奇形怪狀的咖啡杯具，琳瑯滿目於市街櫥窗，你會發現講究質感的咖啡館，多半採用的都是很簡潔的杯盤，維持一貫的優雅，無礙於咖啡與飲者之間的心靈交流。

因為從心靈的角度來看，咖啡與咖啡杯猶如唇齒相依，要能彼此襯托，又不能搶了對方風采。好咖啡與優雅的咖啡杯，總是相得益彰。

# 淡忘了真正的喜歡，也淡忘了真正的自己

誰還會記得人生中的第一個咖啡杯呢？

我算是幸運的。我不但記得自己人生中的第一個咖啡杯，至今仍然保有它。雖然樣式確實有點過時了，但功能毫無減損，更增添許多回憶。

從小到大，搬家多次，感謝老爸生前好好保護它們。這些瓷杯的市值雖不貴重，卻因為歲月累積而令人分外珍惜。不過也正因為這個原因，都好好地收藏在櫥櫃裡，出現在回憶的次數，遠比日常使用的頻率高出很多。

這反映出怎樣的人生價值觀，或是生活態度呢？

長大後的每個咖啡杯，百分之九十五以上，都不是自己花錢買的。有些是廣告贈品，有些是朋友相贈。形狀再美、設計再好，都難免因為不是自主的抉擇，而顯得有點湊合著用。

出社會工作那幾年，很流行一種訂製的陶瓷，上面烙印自己的名字，生日時同事送我一個，當時用得很開心，現在想來有點俗氣，卻也坦然接納年輕時的傻氣。

人，總是會長大的。我好像從來就不特別熱衷於太過度標籤化的東西，但卻要到自我愈成熟之後，才愈能確認內在的好惡，然後再學著放下主觀偏見。看到別人正在使用自己覺得俗氣的東西時，不會投以睥睨的眼光。只要他高興就好，沒礙著別人，誰有置喙的餘地呢！

> 勇於面對內心的黑暗面，逐步清理內在、
> 清理雜物、清理所有缺乏安全感的堆積；
> 讓生活不再處於湊合的狀態。

問題是，自己日常所使用的，是不是就是自己真正最喜歡的呢？

認真思考，答案就很弔詭了。至少，過去的我，常犯這樣的錯。我總是把最心愛的東西妥善收藏起來，先用那些沒那麼愛的。咖啡杯、雨傘、包包……，大抵如此。心裡想著：既然自己沒那麼喜歡，也不好意思送人，丟掉也覺得可惜，就先湊合著用吧，等它壞掉，就可以拿最喜歡的來用了。

偏偏，咖啡杯、雨傘、包包……都滿耐用的，往往一用就是很多年。尤其咖啡杯，要把它用到壞掉，還真的不容易。

於是，真正喜歡的東西，就被收藏在櫥櫃裡，然後在忙碌的生活中，逐漸消失在記憶裡。有一天，淡忘了真正的喜歡，也淡忘了真正的自己。

知道這個毛病很多年，每當看到講述「斷、捨、離」觀念的書，都點頭如搗蒜地對號入座，覺得作者講的所有問題我都有，但還是沒有認真採取行動去改變自己。

直到歷經生命中接踵而來的重大意外打擊，我開始更認真思索生命的價值與意義，第一個被深度檢視的對象，就是：自己。勇於面對內心的黑暗面，

逐步清理內在、清理雜物、清理所有缺乏安全感的堆積。

從此，不再因為害怕失去，就讓自己湊合著使用沒那麼愛的東西。雖然還沒有百分之百達到理想的境界，但已經有很多新的改變，至少現在的我，會優先使用自己真正喜歡的東西，親友送來的貼心禮物，也即拆即用，不會收進櫥櫃裡。

我終於開始用到自己最喜歡的咖啡杯，而且還不只一個。根據不同的咖啡需求，當然要使用不同的杯具。

當生活不再處於湊合的狀態，適度地要求精緻，不只是享受該有的品味，也才能避免浪費。人生至此，才懂得：奢侈，並不限於花費太多去買不需要的東西；明明有很實用的好東西，故意放著不用，退而求其次去用次級品，這也是很嚴重的浪費啊。

世界上，
最懂你的，
是不用說話也知道
你在想什麼的人。

# 咖啡杯透露的個性與心事

一般人選咖啡杯，不外乎就是選造型、顏色、材質、設計；但其實除了這些視覺方面的要件之外，千萬別忽略另一個基本功能的考慮，就是咖啡杯的大小。

基於喝的咖啡種類不同，杯子大小就應該隨之變換。拿鐵，要能剛剛好盛裝奶泡，以及拉花的表面張力，效果最好。義式濃縮咖啡，會比拿鐵的杯子再小一點。在家裡沖掛耳咖啡，以一百五十到一百八十ＣＣ的容量為宜。最近這幾年外帶咖啡吧興起，採用文青設計感濃厚的紙杯，頗能有加分效果。

我所服務的廣播電台樓下，有一家店面小到幾乎只能做外帶生意的咖啡店，這幾年來常常換老闆，生意不好做。後來換了一位從外貌看起來就很有個人風格的年輕老闆，生意從門可羅雀翻身為門庭若市。

長久以來一直從事行銷企畫工作，對這種逆轉勝的個案特別有興趣。經過長期觀察，發現他的成功要素，除了自己本身特別用心與投入之外，每天換不同的紙杯也是一個亮點。

即使他常採用純白色的紙杯，卻捨棄傳統黑色杯蓋，改搭配粉色系的，而同一張訂單中，每一杯的杯蓋顏色都不同，光是這點就教人耳目一新。

同時，一年到頭有很多不同節日，他隨之採用帶有慶典味道的紙杯杯身圖攜帶鋼材的咖啡外帶杯，主人個性率直大方；
喜歡挑選稀有顏色杯身的主人，多少有點自戀；
強調保溫效果的主人，通常有點神經質。

案，讓咖啡多了節慶的氛圍。

若覺得紙杯不環保，從一個人慣常使用的咖啡外帶杯，也能大略猜出他的個性。隨身攜帶裸露鋼鐵材質的咖啡外帶杯，主人個性率直大方，不拘小節；喜歡刻意挑選稀有顏色杯身的主人，多少有點自戀，潛意識裡是想引起別人注意；非常強調保溫效果的主人，通常有點神經質。

回到室內觀察，特別鍾愛極簡或純白咖啡杯的人，自我主見都很強；偏愛卡通造型杯身的人，個性若不是很浪漫，就是有點愛計較；總是用廣告贈品杯子的人，未必真的很隨和，只能說他在這方面不講究。

從別人的一杯咖啡，可以看出很多他的人生態度；而自己手上的這一杯，同樣會洩漏很多秘密。明眼人一看就能猜出：你在人際關係裡，是個願意自我揭露的人；或希望透過各種保護防衛，多點隱藏自己？

至於答案是否準確？差別不只在於，對咖啡有充分的了解；還有，是否有足夠的人生閱歷。

Coffee

# — Part 4 —

# 啜飲，味蕾與人生的心事

那個擅長於等待，順隨臣服於生命的自己，
只有一杯咖啡的陪伴，
就永遠能在挫折中找回勇氣。

品嚐

意猶未盡才能回味無窮

# 用五官六感辨識的好惡，都是虛幻；放下所有主觀的體驗，才是真實。

咖啡，其實在每一度下降的溫度中，
都會呈現不同的風味與口感。
從熱到冷，每一口都有不同的表現。

# 懂得品味「酸質」，才算走入咖啡堂奧

因為寫作與主持廣播的機緣，本來就常在路上被民眾攔截提問。問題包羅萬象，從學業、情感、溝通、婚姻、職場都有。自從最近連續幾年，受邀擔任咖啡品牌代言人之後，也有很多人問我：「哪種咖啡比較好喝？幫我選一下！」

有一次在上海，隨同幾位企業界不同行業的主管，參訪某世界知名咖啡品牌旗艦店，整團的嘉賓站在剛烘焙出爐冷卻後的數種咖啡豆面前不知所措，都指定要我幫忙挑選咖啡。

榮膺重任，不敢輕忽。若是從前尚未深入研習咖啡時，我一定很快就給出建議；但是涉獵愈深，考慮的因素愈多，愈不敢妄下決策。

挑咖啡，就像找對象。青菜蘿蔔，各有所好。即使山珍海味，也會因為個人口味不同，而有選項上的差異。尤其當可以挑選的項目愈多的時候，愈要細細探究個人的需求。

我常反過來問對方的問題是：「您有比較偏好的口味嗎？」

而最普遍得到的答案都是：「我不要酸的。」

當我聽到他們對於選擇咖啡的第一個直覺，是用刪除法，而且是強調「不要酸的」時，我都會想起剛剛開始接觸精品咖啡時候的自己，也感悟到很多人生的道理。

一般市售平價咖啡，以「商業豆」為主，為了風味與口感，絕大多數是中

> 精品咖啡，從種植到烘焙，
> 每個環節都致力於保留完整的風味，
> 從酸質開始，甜味共伴而生，苦中有甘，層次分明。

深烘焙處理，味道偏苦，甚至有炭焦的滋味，有些人因此誤以為咖啡都是苦的，甚至愈苦的才是愈好的咖啡。其實，這是個誤會。

若是接觸精品咖啡，就有機會品嚐到更多層次的風味。但是，仍必須先克服「我不要酸的」這個主觀門檻。

精品咖啡，從種植到烘焙，每個環節都致力於保留完整的風味，從酸質開始，甜味共伴而生，苦中有甘，層次分明。如果一開始選咖啡，就先排除酸質，很容易選到特色不明顯的品項，也就難以品嚐到不同層次的諸多況味。

通常好的咖啡，具備明亮的酸質，帶著香氣，像是檸檬、蘋果、葡萄的滋味，可以引導出整杯咖啡後面的韻味，讓這杯咖啡不會顯得太平淡。若是不好的酸質，會是刺激而乾澀的，確實會令人排斥。

咖啡豆本身，除了有機酸，也有綠原酸，淺焙的咖啡豆比較容易保留明亮的有機酸質；綠原酸則在重度烘焙後，轉為苦的味道。市面上指稱「品質不好的咖啡豆」，比如未熟就被摘下的，或是瑕疵豆，就更容易在烘焙過程中，把不好的酸質變得更加苦澀。

在出版《人生每件事，都是取捨的練習》新書時，我曾忙於挑選隨首刷書附贈的贈品，每天清晨起床後的第一要務，就是在為讀者選咖啡，如神農氏嚐百草般細心品味。

除了基於自己的偏好判斷，也要兼顧大眾的口味。有幾款酸質比較明顯、而風味絕佳的咖啡，都在第一階段被我忍痛割愛。

我很明白它真的很好，甚至很珍貴，但也知道一般人可能無法接受，就不能在這個時間選入。必須退而求其次，選擇略帶一點點酸質，但不至於阻礙讀者初步願意接觸的程度，再慢慢漸入佳境。

很多時候，我幫企業徵才，發現業主也有這種顧慮。「我這家小廟，容不了你這個大和尚！」並非完全是自謙或反諷之詞，有時候它就是一個必須「顧全大局」的事實。

若基於惜才愛才的熱情，決定放手一搏，把優秀人才聘僱進來，就要妥善規劃好折衝空間，才不會兩敗俱傷。這些特立獨行的人才，可能暫時不見容於某個場域，只要扛得起挫折、經得起折磨，終能在屬於自己的舞台大放異彩。

人才，就像咖啡豆，各有各的定位。不論是「商業豆」或「精品豆」，都會有各自的市場，也會得到不同消費者的青睞。咖啡的售價，或有高低之分；咖啡的風味，確實有好壞之別；但它帶給飲用者的幸福感，都是一樣的。

每一個人的生命，
就像是一顆咖啡豆。
我們總要千山萬水去尋找自己，
用盡各種方法脫胎換骨，
勇敢把經歷過的苦難，
都化為甜美的甘泉。

## 用最純粹的覺知，去發現每一杯咖啡的特質

好咖啡，會略帶酸質。這只是業界一種比較簡易的分辨標準，不能用以評價所有消費者的口味。

剛開始接觸咖啡的消費者，之所以用「刪除法」做為選擇方式，多半是因為不知道自己要的是什麼。就像學生考試，不知道正確解答是哪一個，只好從主觀上把認為不可能的先剔除，但最後答案未必是對的。

在執行個人諮詢與療癒工作時，我常遇見這樣的狀況。個案主無法說出自己真正想要的，於是就先挑剔他不滿意的。

仔細回想人生不同階段的各種情緒學習，大部分的經驗確實都是從「不想要的」、「不是的」、「不好的」開始，彷彿每個人都是要跌跌撞撞、碰到鼻青臉腫了，才漸漸知道自己真正要的。

如果一開始就有幸碰到明智的導師，可以引導或訓練我們，從「我是的」、「我要的」、「我愛的」開始，或許每個人都能少走一些冤枉路。

每個人對咖啡豆的偏好，決定於五官六感的體驗，其實並不只是嗅覺與味覺。許多強調自家烘焙的獨立咖啡館所販售的咖啡豆，都會在標籤上載明履歷，包括產地、處理方式、烘焙程度，以及風味。

在尚未研習咖啡之前，這些資訊對我而言，就只是說明它的出身與來歷，幫助我在飲用咖啡、深入體驗它的風味時，有憑有據。

閉上眼睛、打開心房，用最純粹的覺知，
去發現每一杯咖啡的特質，
沒有好壞差別，只為了榮耀彼此的相會。

經過幾次探訪咖啡產地的旅程，接觸當地大大小小的農民，以及各種規模的處理廠，回台灣後結識本地許多烘焙專家，讓增添見聞後的我，在「喝咖啡，看履歷」時，因為腦海增加了很多畫面，而在品嚐咖啡的香醇之外，多了幾分敬佩與感恩。

烈日下壯闊的火山土壤，採收工人站在陡斜陵線上忙碌的身影，小農處理咖啡豆時專注的神情，躺在非洲床上接受均勻日晒的豆子，鍋爐中爆裂的聲響……，原來，咖啡會因為你的理解與想像，透過眼耳鼻舌身意的體驗，豐富彼此的生命，甚至形塑出獨特的價值。

而更高層次的品嚐，是放下眼耳鼻舌身意的體驗，閉上眼睛、打開心房，用最純粹的覺知，去發現每一杯咖啡無上至寶的特質，沒有貴賤之分，沒有好壞差別，只為了榮耀彼此的相會。

我終於慢慢來到這個階段，對一杯售價新台幣五百元的咖啡，可以隨緣享用，不會刻意以高標準去檢視它的品質；到外地出差，享用商旅房間提供的簡易即溶咖啡，也甘之如飴，毫無睥睨。

相遇，就是緣分。人與人，人與咖啡，都是如此！

# 愈是厲害的咖啡，愈經得起時間與溫度的考驗

雖然對咖啡的研究投入很多心血，但我連「半個專家」都不敢自居，因為在業界，多的是厲害一百倍的人才。或許就是如此，我才能以完全素人的心態，繼續學習與品嚐。

品嚐咖啡時，我喜歡和專家一起共享，聽他們以前輩姿態，各抒己見。有時明明乍聽就知道是一席自以為是的評論，還是很值得學習。

我也喜歡跟不懂咖啡的朋友一起「喝咖啡，聊是非」，氣氛融洽，輕鬆自在。沒有人介意咖啡好壞，只在乎人對不對盤。

大概是個性關係，品嚐咖啡時，我倒是很怕任何過度講究儀式的繁文縟節。儘管，咖啡可以發展出猶如「茶道」那樣的程序與細節，我確實也參加過一位留日的長輩舉辦的咖啡品嚐會，對於一杯咖啡的容量與溫度，萃取各階段的時間與手法，都十分講究，若沒有按照他建議的方式品嚐，就好像暴殄了這杯咖啡，把與會來賓都搞得神經兮兮，我也感覺壓力超大。

固然每一杯咖啡都有它的最適比例、最佳溫度，但容許自己有最大的空間去品嚐與體驗，才是真正的王道。

我每天都在早餐後為自己沖煮一杯咖啡，未必都會趁熱喝完，有時因為忙於家務或正在寫作，回頭發現半杯咖啡都冷掉了，從熱熱的咖啡變成近似冰咖啡，卻一點都無損於它的風味與口感。

固然每一杯咖啡都有它的最適比例、最佳溫度，
但容許自己有最大的空間去品嚐與體驗，
才是真正的王道。

咖啡，其實在每一度下降的溫度中，都會呈現不同的風味與口感。甚至，愈是厲害的咖啡，愈經得起時間與溫度的考驗。從熱到冷，每一口都有不同的表現，而且是從第一口到最後一口都無可挑剔。除了證明它是好咖啡，也同樣證明它碰到知己。

用五官六感辨識的好惡，都是虛幻；放下所有主觀的體驗，才是真實。

每一次重回巴黎，我都會刻意到龐畢度中心旁的波布咖啡館（Café Beaubourg），盡可能坐在同一個老位置，點同樣的一杯義式濃縮咖啡。為的是再度回味當年無畏的自己，以及莫忘初衷的勇氣。雖然，這麼多年過去，巴黎變了、咖啡變了、我也變了；但是，在這杯義式濃縮咖啡裡，我總能品嚐到不變的人生幸福滋味，只因為初心都還在這裡。

Life

# 咖啡為什麼會酸？

咖啡豆本身是果實，內含多樣的酸類，所以帶有酸味是正常的。咖啡烘焙愈深，對酸類的破壞性愈強，也就容易流失咖啡原本的風味。

**綠原酸：**是咖啡裡含量最豐富的酸類，是苦澀味的來源，但具有很強的抗氧化和清除自由基的能力。

**有機酸：**強效的抗氧化物，對人體抗癌有助益。

**奎寧酸：**是芳香成分的來源，會分解成苯酚、兒苯酚，溶解於水後會增加醇厚度。

**蘋果酸：**咖啡豐富的果香來源。

**檸檬酸：**溶解於咖啡液中會增添酸香度，轉化成糖分與果香，但會因烘焙過深而分解。

**菸草酸：**屬於植物鹼，會因烘焙而分解，能降低咖啡因對睡眠的影響。

**脂肪酸：**是咖啡香味之所在，會散發約四十種芳香物質，也是口感滑順醇厚的來源。

**乙酸與乳酸：**烘焙過程中蔗糖等糖類分解所創造出的香酸，是咖啡酸味的來源。

甜
點

提味而不搶戲

# 好的同伴在一起，既可各自真實地做自己，也能彼此激勵共振，突顯雙方的優點。

喝杯咖啡，搭配甜點，就成為幸福的時刻，
撫慰著心裡沒有長大的內在小孩，
給他溫柔與勇氣。

# 甜點，可以引出咖啡的香醇；
# 咖啡，能夠帶出甜點的甘美

喝咖啡，搭配甜品。這，看似是一件危險的事。

從經濟因素來看，它的確是要多花錢。而且，不只是一些。很多咖啡館裡的甜點，價錢賣得比咖啡還貴。

早期，有些連鎖咖啡館還會體貼消費者荷包，推出咖啡與蛋糕的組合套餐，價格非常實惠。若不點蛋糕，只喝咖啡，反而有點不划算。後來，經營成本愈來愈高，多數咖啡館已經取消組合套餐，即使保留這樣的點餐形式，價格已經沒有太多優惠。

若再考慮身材與熱量，喝咖啡加點甜品，彷彿就更不明智。除了拿鐵，或有添加奶油類的花式咖啡之外，一般黑咖啡，只要適量地喝，通常對健康或體重，都有正面助益，不會有負擔。但若加上甜點，裡面的澱粉、糖分、脂肪，都含有必須努力運動才能消耗掉的卡路里。

享受美食，又擔心發胖；就像是想游泳，卻又不願頭髮弄濕。矛盾的心態，會讓自己進退兩難。

於是，在喝咖啡時，要拒絕甜點的誘惑，很容易再找到第三個理由，就是：想在唇齒與記憶中，保留咖啡的純粹，不要讓甜點的滋味干擾咖啡的風味。

這個顧慮，乍聽之下有道理。我認識很多專業咖啡師，只要有安排杯測的行程，會從前一天就開始淨口，不吃辛辣或刺激性的食物，保持味蕾最敏銳的咖啡搭配適合的甜點，有提味與解膩的功能。
就像是好的朋友、對的情人，
保有自己獨特的風格，也能夠彼此激勵共振。

知覺。

但，以上種種理由若是都成立的話，為什麼幾乎所有的咖啡館仍兼賣著甜點，甚至蛋糕櫃還比吧檯更顯眼？

所以，應該是有一個喝咖啡必須要搭配甜點的強烈理由，才能跨越上述種種阻礙，彷彿要讓「咖啡」和「甜點」這一對愛意甚堅的情人，有足夠的力量與勇氣，可以不顧眾人反對，堅持這一生要相守在一起。

那個理由是什麼呢？原來，只要選對適當的品項，「咖啡」和「甜點」可以在口腔中彼此融合，相得益彰。甜點，可以引出咖啡的香醇；咖啡，能夠帶出甜點的甘美。

問題就在於：如何選對呢？

咖啡搭配適合的甜點，有提味與解膩的功能。就像是好的朋友、對的情人，在一起時，不但可以各自真實地做自己，保有自己獨特的風格，也能夠彼此激勵共振，突顯雙方的優點，淡化對方的缺點。

# 拿鐵和法式千層共舞，義式濃縮和乳酪蛋糕協奏

咖啡與甜點要如何搭配？歸納常見的通則，也是爭議比較少的，可以簡單整理為：

單一品項的精品咖啡，適合口味比較厚重的甜點，例如：起司蛋糕、黑森林蛋糕、巧克力布朗尼、法式烤布蕾等。只要是甜而不膩的蛋糕，都可以調和精品咖啡的酸與苦，讓風味顯得更柔和。

換做是拿鐵、摩卡、卡布奇諾……，咖啡中已經添加鮮奶、糖漿、巧克力或肉桂，本身的味覺層次已經很豐富，就適合檸檬蛋糕或蛋塔，和咖啡彼此呼應。

如果剛開始沒有把握，手工的雜糧粗糙餅乾，強調食材天然，不過度重甜或重鹹，是風險比較低的安全選擇。可以說是和各種咖啡都百搭，不容易出錯。

倘若消化功能不好，或有胃食道逆流顧慮，可以選用鹹餅乾搭配淡咖啡，清爽怡人的香醇，重拾久違的幸福滋味。

無論怎麼搭配，最重要也最容易被忽略的品嚐原則是：細嚼慢嚥！尤其是一邊喝咖啡、一邊嚐甜點時，一小口、一小口，慢慢在唇舌間細細地體會，最能真切感受搭配入口後每一種微妙的風味與口感。

其實咖啡與甜點的各種搭配方式，各有巧妙不同，不妨依據個人的喜好，多試幾次，即使每次都不一樣，可以變換心情，增加樂趣。若是每次都選一樣

只要是甜而不膩的蛋糕，
都可以調和精品咖啡的酸與苦，讓風味顯得更柔和。

的，就容許自己的任性與堅持，也沒什麼不好，毋須人云亦云。

當我喝鮮奶調製的拿鐵時，最常點的是法式千層，繁複手工的視覺效果，加上層次中薄薄的奶油，讓唇齒間的拿鐵乳香和咖啡得以完美展現。

喝義式濃縮咖啡時，我偏好乳酪蛋糕或蛋塔，兩者厚重濃醇的滋味，猶如英雄惜英雄般，在口中劇烈撞擊出氣勢磅礴的舞台劇，每一次咀嚼吞嚥之間，腦海裡都有戲。

後來發現自己對蛋塔情有獨鍾，原來是童年記憶的連結。

隨著父親轉換工作而遷居到台中新社就讀小學階段，兩個姊姊後來又轉回台北就學，那幾年，爸媽常為了照顧子女而非常頻繁地往返兩地。我偶爾跟著北上，每次要搭車返回台中，一家五口就要在台北車站道別。

每當候車前離情依依的時刻，和家人閒逛車站旁邊的店家打發時間，傳來剛出爐的蛋塔香味，既甜蜜又感傷。眼前所見、耳朵所聽、鼻間所聞，都是歡樂與繽紛的場景，小小心靈卻充滿「不知何日再聚」的惆悵。此時，蛋塔的香味，是一種幸福的撫慰，也是永遠的鄉愁。

於是日後喝起咖啡，搭配蛋塔，就成為最幸福的時刻，撫慰著心裡沒有長大的內在小孩，給他溫柔與勇氣。而它也會在此刻，提醒我永保年少的天真與善良，對世界擁有好奇，並且持續無畏地探索。

## 味蕾的享受，不只是喝一杯咖啡

一般強調專業的咖啡館，通常不會販賣餐點，頂多就是沙拉、三明治等輕食。最主要的考慮是廚房的油煙與食物的味道，會干擾嗅覺與味蕾體驗咖啡的風味。

但是新型態的咖啡館，兼營餐點的風氣漸開。主要是因為現代人忙碌的生活節奏，有其市場需求；加上店面租金愈來愈昂貴，經營者為求利潤的極大化，不得不妥協。

以我目前觀察到的現況，最基本的防線是：以微波或烤箱加熱烹調漢堡或義大利麵，尚可接受；需要熱油煎炸或氣味濃烈的餐食，例如蘿蔔糕、臭豆腐，暫時還沒攻陷咖啡館。

不過台灣早期有些日式咖啡館，確實是兼賣簡餐與咖啡，兩者並行。我要強調的是，並非賣簡餐，附贈咖啡，而是簡餐與咖啡各有特色，也能同時存在的經營方式。

台中市民權路上，還有這樣的老字號咖啡館，經營超過三十年，在時光的熔爐中，讓排骨飯、牛腩煲、藍山、曼特寧，共存於一室，完全沒有違和感。復古的情調，就是一大賣點。就像老黑膠唱片，有點雜訊，反而顯得真實憨厚，令愛好者著迷。

新開的專業咖啡館，已經很少讓偏油鹹的東方料理並存於同一個空間裡。

身處不同的空間，也要懂得泰然自若，
恰如其分地做自己。

倒是西式甜點，品項愈來愈多，和各式咖啡一起銷售，搭配組合多樣，嬌寵著消費者的心。

身處不同的空間，咖啡始終泰然自若，也能雅俗共賞。無論搭配什麼餐食，都能恰如其分地做自己。

咖啡和甜品，或甚至是餐點，算是完全不同的專業，可以各領風騷，也能兼容並蓄，經營的型態多元，要看業者想提供什麼，而消費者是否青睞。

有位女性朋友住在中部，特別搭高鐵來台北朝聖。她從網路上看到一對男同志伴侶合開的咖啡館，很想去體驗店裡文青式的氛圍。據說，其中一位是咖啡師、另一位是蛋糕師傅，兩人在感情與事業上都合作無間。

我陪她去喝了一次咖啡，兩人各點一杯咖啡，各搭配不同的甜點，花費一千五百元，不算是太平價，但因為很有特色，座無虛席。咖啡夠專業，蛋糕除了口感與風味絕佳，連視覺都是藝術。

咖啡與甜點，不只彼此互惠，也讓很多有緣人，千里來相會。

掛
耳

最迷你的隨身咖啡館

# 基於分享的熱情，讓愛得以複製並還原，猶如新鮮現榨。

掛耳式咖啡，
是咖啡初學者學習萃取與品嚐的起點，
也是咖啡行家走遍千里後反璞歸真的想念。

# 掛耳式咖啡，一座迷你的隨身咖啡館

在展開研習咖啡的朝聖之旅之前，我就已經開始接觸掛耳式咖啡。其中有一些是在超級市場或大賣場自己選購的，另一些則來自熱心親友贈送。

那個階段的我，對精品咖啡一無所知。每次在家裡沖煮掛耳式咖啡，總覺得它和一般市售的即溶咖啡相較，風味和品質並沒有太大的差異，價格卻昂貴許多，難免有些詫異不解。

一直到我跟隨著許多位咖啡專家，展開幾次產地的研習旅程，每天早上，同行的朋友都會從自己的行囊中，拿出各自喜愛的掛耳式咖啡，立即取用熱水，當場萃取，整個過程都很令人陶醉。

從乾香、濕香，到啜飲完整的一杯咖啡，跟在手沖咖啡館現場研磨製作的咖啡，幾乎沒有任何差別，非常迷人。

帶著一包掛耳式咖啡，猶如擁有一座迷你的隨身咖啡館。它可以突破時間、地點的限制，無論旅行到山巔水涯，隨身、隨時、隨地，都能夠喝到一杯自己最喜歡的咖啡，那是一種十分難得的幸福。

於是我非常好奇：為什麼這些咖啡專家們攜帶的掛耳式咖啡，比起我在大賣場貨架上買的掛耳式咖啡，兩者相較之下，風味會有這麼大的差異呢？

不明白其中道理的人，可能會覺得最主要的原因是：咖啡豆的選擇！

在我請教過專家之後，發現咖啡豆的選擇，固然是差異的原因之一，但並

面對一杯好咖啡，及時行樂，其實沒有錯，
只因它從未復返的美好，絕對不容錯過。

不是最關鍵的因素。最具影響力的秘密，其實是：新鮮度！

咖啡，經過烘焙之後，必須盡快被研磨，並在保鮮條件好的狀況下及早萃取，否則，拖過一段時間，咖啡很快變得不新鮮，不論用什麼方式研磨或萃取，它的風味難免就慢慢地流失了。

我們在市面上喝到的掛耳式咖啡，都會標示保存期限。一般商家認為，從出產到飲用的最佳賞味期限，可以標示為半年或一年。但其實在我的經驗裡，掛耳式咖啡如果沒有經過特別的保鮮處理，出廠的兩、三個星期之後，風味就會漸漸散失，甚至受潮或出油，完全不能喝。

同行的專家們能夠喝到最美味的咖啡，是因為他們所採用的咖啡豆，是在新鮮研磨之後，立刻裝填氮氣包裝，讓這些掛耳式咖啡，能夠維持比較長時間的新鮮度。

只是，即使有這些最先進的氮氣填充技術，能讓保鮮期維持到十八個月左右的時間，我還是強烈建議你在六個月之內喝掉。

趁新鮮喝掉好的掛耳式咖啡，並非基於食品安全的考量，而是一種不要辜負美好的人生態度。「有花堪折直須折」，面對一杯好咖啡，及時行樂，其實沒有錯，只因它從未復返的美好，絕對不容錯過。

# 封住好豆子的風味，咖啡史上的絕佳發明

至於市面上某些知名品牌，選用掛耳式咖啡豆的等級如何呢？

我想，這也是市售掛耳式咖啡最尷尬的地方。

在內行人的眼中，上好的頂級精品咖啡豆，多半不會用做掛耳式咖啡的供應來源，擔心保鮮不易而暴殄天物。

而一般等級的商業咖啡豆，可以直接賣到超商、餐飲店、飯店，或不以精品咖啡為號召的咖啡館，或是與大廠合作製作成即溶咖啡。

用這樣的邏輯來推論，你就會發現，市售掛耳式咖啡豆的來源，有點不上不下、不好不壞，介於精品咖啡與商業咖啡之間。

但是我接觸過一些咖啡玩家，他們所喝的掛耳式咖啡，都來自精選過的豆子，甚至都是親自烘焙的。基於成熟的保鮮技術，捨得把心目中最好的咖啡豆，拿來製作成掛耳式咖啡，讓自己或同好，可以隨身喝到風味絕佳的咖啡。

有信用品牌的掛耳式咖啡，一包零售價可以從新台幣幾十元到上百元，絕對比超商的現煮咖啡還貴。有的以精品咖啡豆，或競標批次所製成的掛耳式咖啡，甚至一包的售價可以高達三百到五百元之間。

這些昂貴的掛耳式咖啡，所標示與成交的價格，正代表咖啡廠商的信用及信心。

能夠選用上等的精品咖啡豆，趕在烘焙完成之後，立刻研磨、包裝，製作

掛耳，是盛裝咖啡的一種巧思，既簡便又珍貴。
即使浪跡山巔水涯，都能有愛相隨。

成掛耳式咖啡，並以氮氣填充技術保鮮，讓消費者能夠自行萃取飲用，而且風味跟現場研磨沖煮的咖啡相去不遠，甚至一模一樣。這是非常偉大的技術發明，也是嘉惠消費者最有意義的投資。

我想，這正是基於分享的熱情，透過創新與發明，讓愛得以複製並還原，才能猶如新鮮現榨般可口動人。

過去這段時間，也有媒體報導，對於掛耳式咖啡的濾袋存有疑慮。但經過實驗和研究發現：只要是有信用的店家，生產掛耳式咖啡所使用的濾袋，都安全無虞。

至於濾袋的環保問題，幾乎每一種飲料、每一種包裝，難免都會造成環境上程度不一的負擔。在享受咖啡美味的同時，確實要對環境保育負些責任，不妨將自己愛護地球的心力，投注於實際的行動。例如：平日多使用自己的隨身杯，盡量做到塑膠減量，也可以讓相對的損害減到最低的程度。

掛耳，是盛裝咖啡的一種巧思，既簡便又珍貴。即使浪跡山巔水涯，都能有愛相隨。

# 八十分的小確幸，美味隨時複製的心意

享受一杯近乎完美的掛耳式咖啡，除了咖啡豆的原料、製作本身的程序很重要之外，自己的沖煮技術也是關鍵之一。秘訣包括熱水的溫度、使用必備的尖嘴壺、適當的水量，還有容量大小適當的馬克杯，這些都只是最基本的配備。

我有些業界的朋友，非常熱心投入於掛耳式咖啡的研究開發。為了要讓自家出產的掛耳式咖啡，能夠忠實呈現它的美味，花費非常多的心力設計並生產器材，甚至用很創新的方式，製造適合沖煮掛耳式咖啡的杯子，以及擱置濾網的架子。

同時，還精心錄製沖煮掛耳式咖啡技術的影片做分享，希望確保每一個愛好咖啡的人，即便不是專家，都能夠在家裡、在辦公室、在旅行到天涯海角的任何一個地方，都能夠沖煮出一杯專業等級的咖啡。

掛耳式咖啡的發明，有一點像是方便麵的概念。研究發明的人，應該都是希望將最美味的餐飲，能夠以簡易的方式被複製還原。可以突破時間與距離上的限制，把一份手作的心意，傳達到每一個愛好者的口中。而且，是在你任何想要享用的時刻，都可以隨手複製還原這些美味。

一位朋友告訴我，掛耳式咖啡的哲學，就是：在我享受不到一百分的時候，至少可以用八十分的產品來替代。在他的心中，現場研磨萃取的手沖咖啡是一百分；掛耳式咖啡，頂多就只能到八十分而已。

突破時間與距離上的限制，
把一份手作的心意，傳達到每一個愛好者的口中。

但是，在我的實驗中證明：只要使用正確的器材、純熟的技術，距離製造日期六個月內的掛耳式咖啡，還是可以沖煮出一杯接近一百分完美的咖啡。

對我來說，掛耳式咖啡就是在忙碌緊湊的生活步調中，最節省時間的選擇。它讓我享受到時間上的小奢侈，得到心情上的小確幸。

每天早上，我都會手沖掛耳式咖啡，以省去研磨豆子的手續。用保鮮期內最理想的掛耳式咖啡，打開包裝、燒開熱水，在有限的濾袋範圍之內，以尖嘴壺從中間注水，再順時針繞圈圈……

這一整個手續，對我來說就是一種修行。不能因為趕時間而急躁，也不能為省時間而分心去做別的事。只要差個五秒、十秒，就糟蹋了這一杯掛耳式咖啡的風味。

沖煮掛耳式咖啡，跟一般濾袋萃取咖啡，其實並沒有太大的差異。一樣要注意熱水的溫度，在意使用的水量。以尖嘴壺注入熱水的時候，手勢的角度、繞圈圈的速度、萃取的時間等，每一個細小的動作都是關鍵。

曾經有幾次，為節省時間，分心去做其他的工作，有時候悶蒸過頭，或萃取過度，整杯咖啡的美味就被我的粗心大意給親手毀掉。

所以，別小看掛耳式咖啡，它很可能是咖啡初學者學習萃取與品嚐的起點，也可能是咖啡行家走遍千里後反璞歸真的想念。

那個擅長於等待，
順隨臣服於生命的自己，
只有一杯咖啡的陪伴，
就永遠能在挫折中找回勇氣。

## 手沖咖啡時，該如何掌握注水方向與速度？

注水的第一個步驟是「悶蒸」。一般悶蒸的水量是咖啡粉的等量至兩倍，例如 30 克的咖啡粉，大約需要 30-60cc 的水。所需時間約 15-30 秒，目的是讓咖啡粉富含水分，藉此產生另一種香氣。悶蒸時間愈久，咖啡味道愈濃郁。

第二個步驟是「持續注水」。建議使用細口手沖壺，出水的水注細小且均勻，也能避免初學者最怕遇到水注忽大忽小的狀況，減少失敗的機會。若使用普通的手沖壺，須小心控制一開始的水量，等到快結束時才用較大的水注，以免萃取過多的雜質。整個注水的時間約 1.5-2.5 分鐘，如果希望咖啡味道厚實些，速度可以略放慢些。注水的方向從正中心開始，以順時針方向往外緣繞圈，要留意不要沖到濾紙。

至於咖啡粉和水的比例，大約為 1:16（含悶蒸），但僅為參考，還是要依個人濃淡喜好來決定。

此外，手沖時可使用「斷水」的技巧。也就是中斷注水過程，能調整萃取節奏與咖啡的味道。例如 240cc 的水，可在注水到約 80-100cc 時中斷，等到濾杯內的水位下降，再繼續注水，次數建議一到兩次即可。

待客

笑納這杯苦苦的心意

# 以咖啡會友，不要妥協到自己感到委屈的程度，也不要堅持到雙方覺得不愉快。

一盞一盞像是懂得你所有心事的闌珊燈火，
即使癡心等到黎明，仍傻傻地
為世間所有懷抱愛與希望的人而點亮。

# 從陌生人到好朋友，從奢華享受到生活日常

以咖啡待客，是一門學問。不是只憑一股熱忱，就可以打動人心。

儘管水、酒、茶、咖啡，都能待客，但時間、場所不同，選擇就不一樣，意義也不盡相同。主人，永遠可以有自己的一番好意，至於是不是被接受，決定權還是在客人心底。

宋朝詩人杜耒在〈寒夜〉詩中，書寫主人的心意：「寒夜客來茶當酒，竹爐湯沸火初紅。尋常一樣窗前月，才有梅花便不同。」有心、有情、有景、有感慨，自古傳誦至今。無論以茶或酒待客，主人姑且聊表心意，客人體會如滾熱爐火與湯水般溫暖，對照窗外的明月與梅花，算是賓主盡歡了。

在宋朝，還沒有引進咖啡。當時待客的飲料選單裡，當然不會有咖啡。

據說，最早版本的康熙字典，查不到「咖啡」一詞，推估清朝初期尚未引進咖啡。有關咖啡導入中國，比較可靠的記載始於嘉慶年間，隨著洋人入侵登陸，於舊上海等英法租界開始飄聞咖啡香，後來由法國傳教士開始在雲南種植。大約一八八四年（清光緒十年），才由一位英國茶商將咖啡樹從大陸帶來台灣，嘗試種植。

我的父母身處台灣經濟匱乏的時代，對於上一代的台灣人而言，喝茶是平民家常，喝咖啡則是奢華的享受。一般小康家庭裡，必定是有特別的心情或節日，要不然就是有貴客上門，才會以咖啡待客。

有的人習慣點拿鐵，有的人堅持要美式，
也有人偏愛卡布奇諾。
以開放的心情，來看待每一個人不同的喜好。

童年有一段時間，隨著父親工作搬遷，從台北移居台中新社山上，那幾年爸媽常往返兩地，照顧寄讀於台北親戚家裡的姊姊。偶爾他們北上時，受邀跟阿姨們聚會，如果有人款待去某個咖啡廳喝杯咖啡，媽媽回來總會高興好一陣子。那個時代的小確幸，卻彷彿當作人生大事一般看待。

而最近這幾年，喝咖啡已經成為普遍的生活日常。朋友之間相約喝咖啡，談正事或聊是非，溝通意見、聯繫感情皆宜。

愛喝咖啡的人，偶爾還是會碰到一些不習慣喝咖啡，或基於身體健康、失眠困擾等原因不喝咖啡的朋友，到咖啡館只能點不含咖啡因的其他飲料，雖然不至於到掃興的程度，但似乎有點可惜了。

每個人的習慣不一樣，對於咖啡愛好的口味也大不相同，有的人習慣點拿鐵，有的人堅持要美式，也有人偏愛卡布奇諾。以開放的心情，來看待每一個人不同的喜好，會覺得這個世界真是多元且豐富。

# 最好的待客之道，就是尊重對方的喜好

從點選咖啡，可以看出一個人喝咖啡的習慣，也可以看出他的性格及溝通的方式。

因為工作的緣故，我常常和朋友相約喝咖啡。最好的待客之道，就是盡量尊重對方的喜好。如果你有特別想要推薦的品項，當然可以主動提出，並且介紹你之所以特別推薦的原因。如果對方面有難色，就不要刻意勉強他，以免為一杯咖啡傷害彼此的友誼。

當我身為客人的時候，有時候難免比較遷就。我不會一定堅持點選自己要喝的某一款咖啡，而是看現場的狀況或當時的氣氛決定。有時候是看店裡有什麼，我就喝什麼；有時候嚐嚐一些新的口味，試試之前沒有喝過的咖啡，也是一種樂趣。

主人以咖啡待客，或自己身為客人接受招待，如同為人處世，彈性的基準點在於：不要妥協到自己感到委屈的程度，也不要堅持到雙方覺得不愉快。

自己一個人喝咖啡，可以隨心所欲；和朋友相約一起喝咖啡，通常我是以不造成別人的困擾為原則。

有一段時間我常常點拿鐵，在那段時間跟我見過面的朋友，都以為我特別愛喝拿鐵；過一段時間，我又回到喝純粹的義式濃縮咖啡，那些以為我愛喝拿鐵的朋友，常沒有徵詢我的意見，自以為體貼地直接幫我點拿鐵。即使那天我

每個人都有自己主觀上堅持的偏好，
在堅持與妥協之間，
正好可以看出自己在人際關係上的態度。

並不想喝拿鐵，我也不會面露難色。畢竟，那是朋友的一番心意。

每一個人都有自己主觀上堅持的偏好，面對需要妥協的時候，也可以有一些彈性的選項，在堅持與妥協之間，正好可以看出自己在人際關係上的態度。

以咖啡待客，方式有很多。

你可以跟朋友相約在自己喜歡的咖啡館。裝潢有很特殊的氣氛，裡面有你很多的回憶，或是有你喜歡的窗景。

你也可以約朋友來家裡，現場沖煮你最愛的咖啡。讓咖啡香瀰漫在你所熟悉的空間裡，身處最安靜而不受外人打擾的環境，跟朋友促膝長談，分享彼此的心事。同時，也讓朋友更貼近你對咖啡的愛好與品味。

以喝咖啡交朋友，比起以酒會友，要容易一些。喝咖啡，通常各喝各的，不太會干涉對方。朋友相約喝咖啡，坐下來各點一杯，就算再大的熱情，頂多只是問你要不要再續一杯。

喝酒，就完全不一樣了！朋友相聚，大部分都是共飲一瓶。彼此豪爽敬酒、勸酒，一杯再一杯，喝到最後，連沒有乾杯都不成敬意。酒量好壞，深不可測。酒後失態，才見真章。

很少聽人說喝咖啡會喝到醉的，若是有此說法，肯定是朋友對你最大的恭維，表示你陪他、或你招待他喝的那杯咖啡，太迷人了。

# 我為你精挑細選，而你正好非常喜歡

以咖啡待客，還有另外一種方式，就是把你最鍾愛的咖啡，送給你最在意的朋友。但這其實也是最危險的事。因為你最愛的咖啡，必須是你的朋友懂得欣賞，也會喜歡的。

我常覺得，送禮的項目中，若要送酒、送茶、送咖啡，表面上看起來都是很大眾化的禮物，但要真正送到對方的心坎裡，還真的非常不容易。

酒，至少還有大致的分類，也有一般人所熟悉的品牌。而咖啡的選項，真的是太多了。除非你非常了解朋友對咖啡的偏好，例如：他喜歡輕烘焙，或是中深烘焙的；他偏好果香多一點，或是巧克力味道濃郁一些的？

因為咖啡本身的風味和烘焙的方式，相乘之後的種類與品項，會變得很多。你必須要了解朋友的喜好，以及他對於咖啡最在意的選項，否則你把自己非常喜歡的咖啡送給朋友，不巧的是他正好不喜歡這個味道，就弄巧成拙了。

隨著我研習咖啡的時間愈長，對於把咖啡當禮物送給朋友，就考慮得愈詳細、愈周到。就是因為送咖啡給朋友，要真正送對口味，是機率很低的事。

有一位長輩朋友，是非常資深的抓漏專家。他年輕的時候，一路從水電師傅做到獨當一面的老闆。投身於房屋修繕工程，每天從事很粗重的工作，菸酒不沾的他，最愛的飲料就是咖啡。

某天清晨，他正要趕赴工地，順道路過我住處，來探望家母。我正在沖煮

> 要送對咖啡，光是自己認識咖啡、喜歡咖啡還不夠，
> 更重要的是，你要知道對方真正的喜好與品味。

咖啡，便請他喝一杯。已經六十歲的他，身材精壯，雙手粗糙，接過熱騰騰的咖啡，輕啜一口，眼裡閃動炯炯有神的光芒，非常識貨地說：「這是非常好的咖啡！」

那一刻，我對他的敬重，就不只是抓漏的專業，還包括他對咖啡的了解。如果你以心目中最珍貴的咖啡，招待一位不懂咖啡的朋友，而對方毫無感動，甚至嗤之以鼻，那種惆悵與遺憾，比對牛彈琴還要失落。

我認識一位非常喜歡咖啡的醫師，每次去跟他請教母親的病情時，我都會依照他的愛好，特別為他挑選幾包咖啡。剛開始我並無把握，隨著結識的日子愈長，彼此愈來愈熟，他終於能夠自在而不帶客套地跟我說：「你每次精選的咖啡，都是我很喜歡的。」那眼神就像是久別重逢的朋友，正打開一個驚喜的禮物，令我隨之感到興奮與安慰。

朋友交往，會有什麼比這件事更開心的呢？我特別為你精挑細選，而你正好非常喜歡！

還有一位喜歡咖啡的朋友，在台北迪化街從事蔥蒜的買賣。我是因為跟他

買東西，交談過程中，知道他喜歡喝咖啡。過年過節時，只要家裡需要大量採購蔥蒜，我也會特別選擇咖啡禮盒，順道送去給他。隔幾天之後，他都會跟我回饋對於這些不同品項咖啡的飲用心得，默默呼應著我為他精選的理由，知己的感動油然而生。

這幾位朋友，各有不同的專業、不同的年紀，因為咖啡，讓我們的友誼有另外一個層面的連結。也因為咖啡，讓我們有共同的喜好、共同的話題，以及愈來愈熟識之後，互吐心事而各自交換的秘密。不是什麼特別的隱私，而是彼此才懂得的默契。

咖啡的待客之道，除了款待與贈送，更重要的精神是：理解與尊重。

不能把自己最愛喝的咖啡，硬是要推銷給口味偏好和你不同的人。如果你真心希望以咖啡為禮物，讓對方得到你想要表達的感謝與祝福，就應該要花一點時間去了解他對咖啡的喜好，以及他對咖啡的研究程度。

要送對咖啡，光是自己認識咖啡、喜歡咖啡還不夠，更重要的是，你要知道對方真正的喜好與品味。

所有的自以為是、一廂情願，都背離咖啡坦誠而真摯的精神，就像清香淡雅的白色咖啡花，從不孤芳自賞，也不與世隔絕，悠悠地在枝頭綻放迷人的氣味，只要你輕輕走近，就能與另一個自己相遇。

獨自一個人喝咖啡，
片刻時光中，
既寂靜又喧譁。
不必和任何人交談，
只剩下和自己的對話。

陪伴

請把餘溫留給自己

# 相陪喝杯咖啡，
# 是彼此靈魂的交流，
# 百般人生滋味
# 都流向最深的心底。

朋友之間的緣分，難以用具體指標衡量。
只有一杯咖啡時間的友誼，
究竟是深，還是淺？

# 一杯咖啡的時間，你願意留給誰？

咖啡，讓我有機會從不同的角度重新認識這個世界，也因此有機會結交到很難得的朋友。

第一次到溫哥華旅行的時候，巧遇一個非常特別的女孩。

她從香港來，在溫哥華工作，認識一個身材挺拔高壯，長相俊帥的男友。交往幾個月，才發現對方其實是有婦之夫。

但她深深地陷落在這一段感情中，不可自拔。既不願意當第三者，卻又沒辦法斷然割捨。每次苦苦地期盼見面，但翻雲覆雨過後，都是以爭吵結束約會。

當時，我已經出版幾本書，主題有關兩性關係與人生勵志。她自謙是我的書迷，要把握每一次在溫哥華跟我見面的機會。每次約在咖啡店喝咖啡的時候，她像是在搶免費心理諮詢時間似的，將她所有的人生故事對我傾吐。可惜，我在溫哥華停留的時間不長，總共只能給她五次咖啡的時間。

回到台灣之後，我們依然用電子郵件保持聯繫。她繼續對我傾訴感情的困擾，徵詢我的意見。而我多數的時候，也只是做一個稱職的傾聽者，並沒有給她太多具體的建議。

半年之後，她終於跟那個男人分手。有一天晚上，我接到她的電子郵件，說想要當面跟我聊天，她計畫特別從溫哥華飛到台北來跟我見面。

由於那段時間，公務與家務兩忙。我回信說，雖然很歡迎她來台灣，也很

傾訴或聆聽，兩種角色在杯起杯落之間，
是靈魂的交流，
隨著咖啡點點滴滴流進了心底深處。

期待跟她碰面聊天，但希望她延期來台。因為那個月，我能擠出的餘暇時間不多，如果她一定要選那個時間啟程，長途跋涉飛這麼長的旅程，而我只能有機會給她一杯咖啡的時間，她還願意來台灣嗎？

個性敢愛敢恨的她，很果決地做了決定。她立刻買機票，從溫哥華飛來台北。而那次的見面時間，真的也只足夠讓我們喝一杯咖啡。

更微妙的是，那杯咖啡大多數的時間裡，都是我在聽她說話，而且有時候她也沒有說很多，多數段落間，她盡情地流淚，默默看著窗外。我們靜靜地喝完那杯咖啡，彷彿此時無聲勝有聲，千言萬語都在那杯咖啡裡。

這一次喝咖啡的經驗，對我來說非常獨特。我很難想像，有一個遠方的朋友，會為了跟我分享她的心情，千里迢迢飛十幾個鐘頭的航程，只為見一面、喝一杯咖啡。

朋友之間的緣分，難以用具體指標衡量。有的很深，深刻到你願意為一段友誼，不惜付出任何代價。有的很淺，淺薄到彼此見面只有一杯咖啡的時間。

而我和她這一杯咖啡的緣分，究竟是深，還是淺？

直到現在，我並沒有確切的答案。

但那一杯咖啡的時光，卻是我生命當中最深刻的友誼體驗，讓我看清自己，在友誼的付出上，並不是一個足夠慷慨的人。

一位相隔十萬八千里遠的朋友，風塵僕僕遠道而來，我竟然只給對方一杯咖啡的時間。哪怕當時的我真的忙到不可開交，困難到無法分身，但是只給對方一杯咖啡的時間，確實讓我至今仍深深愧疚。

尤其當她事後透過電子郵件跟我說，很感謝我在百忙中給她一杯咖啡的時間，她覺得那是最奢侈的享受。

她的體貼與厚道，撫平我愧疚的情緒之餘，也讓我深思：吝嗇與慷慨的意義。一杯咖啡的時間，我的吝嗇，竟是她的慷慨。果然，友誼的陪伴，也是知足常樂。

一杯咖啡短短的時間，彼此陪伴的意義卻很深長。傾訴或聆聽，兩種角色在杯起杯落之間，是靈魂的交流，隨著咖啡點點滴滴流進了心底深處。

每一杯咖啡，
都熱烈，
也都純粹，
經歷著世間的愛與愁。

## 友誼的咖啡，自在；愛情的咖啡，苦澀；親情的咖啡，最是溫暖

都會區的大街小巷，咖啡館林立，營業時間內，常擠滿相約喝咖啡的朋友。

當這些連鎖咖啡館還沒有完全在台灣興起前，曾經有很長一段時間，市場上是即溶咖啡品牌大戰的激情年代。

知名廠商投入大量資金於電視與平面廣告，以溫馨動人的訴求，推廣品牌形象。那時候即溶咖啡的電視廣告，簡直就是一支對白與畫面設計非常精巧的微電影。比如，麥斯威爾的「好東西要和好朋友分享」、雀巢的「再忙也要跟你喝杯咖啡」，這幾句廣告詞，不僅是當時的流行語，甚至到現在依然經典，讓咖啡與生活深深連結在一起，在人與人之間架起溫暖的心橋。

人生中，你是否擁有可以隨「叩」隨到的朋友？或是有另一種朋友，平日各忙各的，聊八卦時怎麼「叩」都不來，但只要碰到緊急狀況，就一定會出面挺你的朋友？

無論是哪一種，你們都會是永遠的好朋友！

友誼，有很多種樣貌；陪伴，也有很多種方式。在邀約朋友喝咖啡的過程中，可以更認識自己是怎樣的一個人，也可以更了解對方是怎樣的朋友；更可以慢慢地確定，你們之間需要的相處模式，以及彼此希望的陪伴方式。

有的人喜歡黏一點的友誼，不僅隨「叩」隨到，而且不論你要我陪你多久，我就可以陪你多久；有的人喜歡「君子之交淡如水」，你有急事或難關，我一

友誼，有很多種樣貌；
陪伴，也有很多種方式。
把咖啡的美好回憶，凝佇在那一刻吧！

定出面相挺，但沒事就不需要朝朝暮暮。

兩個人相約喝咖啡，可以嘰嘰喳喳，一兩個鐘頭講個不停；也可以各做各的事、各讀各的書、各看各的窗景、各有各的夢想，或許沒有特別多的交談，但彼此都知道：兩個人的心，是很靠近的。

愛情的華麗與蒼涼，也往往在一杯咖啡之間。

有多少情人，是在一杯咖啡中結緣而認識彼此。然而，當兩個人的感情走到最後，又有多少情侶能夠在一杯咖啡中好聚好散？

我看過很多情侶，甚至自己也經歷過，所謂的「不告而別」。兩個原本相愛的人，當感情結束後，是連用一杯咖啡說再見的機會都沒有。

有時候，並不是因為無情，而是不想讓彼此把最深的遺憾留在最後的一杯咖啡裡，平添苦澀。寧願把咖啡的美好回憶，保留在剛剛認識的時候，愛得難分難捨的那一刻。

每一杯相互陪伴的咖啡裡，都有一串無法磨滅的記憶。如果你有幸能遇到一個情人，是用咖啡展開一段戀情，最後也讓這段戀情結束於一杯道別的咖啡，將會是人生非常浪漫的經驗。

或者，更浪漫的是，你們的戀情起始於一杯咖啡，然後就天長地久到現在。你們約會的行程表上，已經累積了無數杯的咖啡，而且看起來這一生還有可能要繼續喝下去。

母親中風的二十年來，我盡量在每個星期都安排一天或半天的行程，陪她出去走走，到郊外聽風看雲。好幾年的時間，有無數個下午，我們都在台北近郊的一家連鎖品牌咖啡館度過。

剛開始的時候，節儉成性的母親說什麼也不肯進咖啡館，喝一杯價格超過新台幣一百元的熱拿鐵。我只好半哄半騙地跟她說：「這些咖啡都是我用超商點數換的，再不進去喝的話，過了使用期限，就浪費掉了。」於是，她心安理得地接受我的邀請，從每個星期喝一次咖啡，到兩次咖啡。現在，她也成為咖啡的愛好者。

我逐步深入研習精品咖啡的這幾年，媽媽喝咖啡的品味與檔次也提高，從拿鐵開始，到黑咖啡，她已經能夠適應精品咖啡酸甜共振、苦中帶甘的滋味。

自從媽媽罹癌，她聽朋友說「每天一杯黑咖啡，有助於身體健康」後，更樂於享受我每天為她沖煮的一杯咖啡。

我們母子在一杯又一杯的咖啡裡，經歷世間的愛與愁，談過生與死。每一杯咖啡，都純粹，也都熱烈。我們在咖啡裡累積許多的回憶，即使有些片段記憶，逐漸在她的腦海冷卻，咖啡的滋味卻依然於她的印象中甘美。很不可思議的是，即使她忘記我曾經專程陪她去哪裡遊玩，但她都會記得當時的那一杯咖啡。

有一年，我排除萬難，陪她去阿里山看櫻花。當時雖非假日，但正值賞櫻旺季，仍有交通管制，為了能讓行動不便的她，順利搭車進入園區，只好到頗負盛名的阿里山賓館喝咖啡，以便獲准停車。

後來聊起這一段旅程，媽媽對交通的艱難毫無印象，卻深深記得那一片璀璨的櫻花，與溫暖的咖啡。

# 一個人的咖啡，無須等待，孤單卻快樂著

無論愛情多麼華麗，心情多麼甜蜜；溫熱的咖啡，多麼香醇；冷卻的咖啡，多麼純粹；累積的回憶再多，人生走到最後，還是要面對曲終人散的時刻。戀愛如此，夫妻如此，親情如此，沒有一個人逃得了。

即使你跟最親愛的人，喝過無數杯咖啡，總有一天，你的世界只剩下獨自一個人，你必須要面對自己一個人孤單的咖啡。

走在市街，你曾經獨自一個人吃飯、一個人看電影，或一個人喝咖啡嗎？我並不很習慣一個人吃飯、一個人看電影，兩者我都嘗試過，那滋味真的很荒涼。我寧願回家自己煮飯，自己在家看電影，也不願意一個人在外面用餐、看劇。不過，我卻非常享受於一個人在咖啡館喝咖啡。

一個人喝咖啡的時光，是非常極致的享受。也許，在外人的眼裡，那是十分孤獨的經驗；但是，在自己的心裡，卻是如此自由而豐富。

雖然因為顧問工作和個人諮詢等課程的緣故，滿大部分的時間我都必須要跟另外一個人坐著喝咖啡；但我非常慶幸還有另一些時間，是我可以自己一個人，陪伴自己喝杯咖啡。

獨自一個人喝咖啡，片刻時光中，既寂靜又喧譁。不必和任何人交談，只剩下和自己的對話。此刻，最能夠傾聽到自己內在真正的聲音。

一個人坐在咖啡館，或許眼前有很多別人的生命故事在上演，但自己的內

片刻時光中，既寂靜又喧譁。
不必和任何人交談，只剩下和自己的對話。
一個人的咖啡裡，永遠都可以用自己最孤單的身影，伴隨最美麗的舞步。

心有更多劇本默默地在彩排。別人的生命故事，交織自己的內心戲，有過去的回憶，也有未來的規劃。在一個人的咖啡裡，永遠都可以用自己最孤單的身影，伴隨最美麗的舞步，在生命的大江大海裡迴旋。

有幾年的時間，因為公務與私人行程的安排，我必須要在每個星期日的下午，固定在台中東海大學對面的一家咖啡館，停留兩個小時。這樣的生活型態，維持半年以上的時間。現在回想起來，當時的每一杯咖啡、每一本我讀過的書、每一個我在咖啡館碰到的人，那些聲音和味道，都鋪陳如錦緞般的回憶。

即使後來發現那一段時間的努力前功盡棄，我仍珍貴地擁有咖啡館裡默默等待的自己。那個擅長於等待，順隨臣服於生命的自己，只有一杯咖啡的陪伴，就永遠能在挫折中找回勇氣。

每一杯咖啡，隨著時間的拉長，溫度漸漸降低，每一刻溫度、每一口啜飲，都會有不同的風味。就像人生每一個歲數、每一個階段，都有不同的滋味。往往回頭看，才發現每一杯、每一口咖啡，都有它獨特而深刻的意義。

曾短期旅居歐洲工作，有段時間，室友是一個失志的中年男子，婚姻與事業都遇到瓶頸，夜夜酗酒，無法準時晨起上班。他說是聞到我沖煮咖啡的香味，才能勉強自己起床。出門前，我總會留一杯熱騰騰的咖啡，希望幫助他從宿醉中清醒；若可能的話，但願他也能從迷亂的人生覺醒。

直到現在，每天晨間工作時，我都會沖一杯咖啡放在手邊。但是常因為工作太投入忘我，幾乎每一次都會留近四分之一的咖啡在杯底，兩個小時後才發現自己沒有喝完。剛開始的時候，覺得很浪費、很可惜，還是將它一飲而盡。到後來，我反而特別喜歡最後一口冷卻的咖啡。

如飲酒般，乾掉最後一口完全冷掉的咖啡，滋味猶如道別，因此特別回甘。最後的這一口咖啡，也像是提醒著對於工作完全投入的自己，彼此都已經徹底地鞠躬盡瘁。

# 關於咖啡烘焙

**不同的烘焙度，喝起來有什麼區別？**

一般來說，咖啡豆大致可分為「淺焙」、「中焙」、「深焙」三大類。

**淺烘焙：**Light Roast、Cinnamon Roast
風味清爽，散發豆子原有的果酸口感

**中烘焙：**Medium Roast、High Roast、City Roast
柔和適中的咖啡豆香氣、甜味、微酸，典型維也納咖啡風味

**深烘焙：**Full City Roast、French Roast、Italian Roast
苦味重，具巧克力、焦糖般的濃厚香味

結論是，咖啡的酸、苦，是由烘培的深度來決定的。

**烘焙中的一爆、二爆，是什麼意思？**

**一爆：**就是在烘焙過程中聽見像爆米花爆開的聲音，藉由烘焙機的熱能產生吸熱及放熱作用，一爆就是吸熱後的放熱作用。
一爆通常會在烘焙溫度達到攝氏 190 度至 205 度時發生，一爆開始到結束的豆子通常是淺烘焙到中烘焙，風味及酸質較為明亮豐富。

**二爆：**二爆通常發生在攝氏215度到220度，聲音較為清脆，這時的烘焙豆以中深到深烘為主。二爆的咖啡豆焦糖味也較為明顯，酸味會降低許多，口感上較濃郁醇厚。

Coffee

# — Part 5 —

# 咖啡，
# 讓愛與愁甦醒

每一顆豆子、每一種聲響、每一陣風味，
都像是輸入靈魂的密碼，
既是回憶，也是眺望。

PAPUA
NEWGUINEA
MOANTI
A MEDLEY OF
DESTINCTIVE BELL
PEPPER, COCOA AND
NUT FLAVORS

PAPUA
NEWGUINEA
MOANTI
A MEDLEY OF
DESTINCTIVE BELL
PEPPER, COCOA AND
NUT FLAVORS

文化

前往咖啡館的路上

# 點滴於時光裡的細水長流，日積月累匯聚成浩瀚江河。

在任何一家咖啡館裡，
眼前所見，都只是流動的風景；
唯有真實的故事，能深植人心。

# 如果不是在咖啡館，就是在往咖啡館的路上

咖啡，不只是一杯飲料，更是一種生活型態。

「如果我不在家，就是在咖啡館；如果不是在咖啡館，就是在往咖啡館的路上。」（Wenn der Altenberg nicht im Kaffeehaus ist, ist er am Weg dorthin）這是奧地利作家彼得．艾騰貝格（Peter Altenberg, 1859-1919）的名言。他是十九世紀的一位詩人，素來把咖啡館當第二個家。

他日常光顧的咖啡館，就是位於維也納市中心的「中央咖啡館」（Cafe Central），號稱世界最美的十大咖啡館之一。據說，他幾乎整天都泡在這裡。晨間醒來就報到，邊喝咖啡、邊看報紙，也在這裡跟其他文人雅士聊天，同時進行創作，連生命的最後一口氣息，都終盡於此。維也納「中央咖啡館」保留了他最愛的桌椅及塑像，彷彿他仍守護著最愛的咖啡館，留給世人無限緬懷。

「如果我不在家，就是在咖啡館；如果不是在咖啡館，就是在往咖啡館的路上。」看起來，像是刻意出自文青之手的廣告創意文案，但其實恰好相反。這並非浮誇矯飾之詞，而是彼得．艾騰貝格真實生活的日常。

當年的休閒娛樂不多，也不是家家戶戶都有空調，尤其冬日嚴寒的天氣裡，能在咖啡館停留一整天，不是想像中的浪漫幸福，而是殘酷現實的求生法則。

一般人待在咖啡館，可以獨自發呆，也可以與人交換資訊。
而創意能量豐富的作家，
常在咖啡館裡，完成足以傳世的作品。

一般人待在咖啡館，除了可以獨自發呆，也可以與人交換資訊。而創意能量豐富的作家，常在咖啡館裡，完成足以傳世的作品。

近代英國作家J. K. 羅琳（J. K. Rowling），曾經長期窩在愛丁堡的「象屋咖啡館」（The Elephant House），寫出暢銷巨作《哈利波特》，這部小說不只翻轉她的人生，也讓象屋成為觀光勝地。

早期歐洲很多的咖啡館，都和學術、政治或經濟有所關連。

英國的第一家咖啡館，開設於一六五〇年代的牛津大學附近。因為師生日夜都聚集在這裡討論學術，每夜固定時間要打烊的老闆，苦於無法長期陪伴三更半夜還不肯離開的顧客，決定把咖啡館頂讓給牛津大學師生，於是成為英國皇家學會的創始地點。

咖啡館發展為經貿中心，最經典的實例，是營運時間超過三百年的勞埃德保險社（Lloyd's），又稱「勞合社」。

它在國際間以「歷史悠久」和「最有影響力」聞名，原本是愛德華・勞埃德（Edward Lloyd）在倫敦泰晤士河畔開設的一家咖啡館。因為地處倫敦市中心，聚集海陸貿易商、船東、航運經紀人、保險業務員，大家都在這裡交換海運資訊、接洽航運保險，逐漸發展成倫敦海上保險業的總部。而英國的證券交易所，則是由喬納森咖啡館（Jonathan's）發展而來。

法國最古老的咖啡館，是位於巴黎的「普羅可布咖啡館」（Le Procope）。它在一六八六年開張，營運時間已經超過三百三十年。知名的作家伏爾泰、盧梭和狄更斯，都曾經是這裡的常客，他們的作品成為歐洲啟蒙運動思想的先驅。當年拿破崙年輕時賒帳用的軍帽，如今也成為普羅可布咖啡館的「鎮店之寶」。

每一杯咖啡，
都有一個故事。
每一個故事的靈魂深處，
都有一個期待被了解的自己。

## 因緣俱足的同時，短暫交會留下的印記

相較於歐美地區咖啡館歷史悠久的傳奇，最近這幾年在各地街頭開設的新咖啡館，缺少時光的積累，也沒有文人雅士固定聚集，連裝潢都因為必須節省成本，不論是吧檯、桌椅、地板、牆面、燈具，乍看之下比較像是樣品屋，看不出業者有做好經營百年的準備。許多看似文青風格設計的咖啡館，或只淪為一時的附庸風雅，欠缺真正人文精神的內涵。

其實咖啡館的文化，是無形資產的累積。它不是裝潢、不是座椅、不是音樂、不是顧客，甚至不是咖啡，而是上述所有提到的元素，在一時之間因緣俱足的同時，短暫交會留下的印記，充滿無限的想像。

前述歐美歷史悠久的咖啡館，聚集的都是時地、時人、時事，儘管隨著時空環境的推移，那些組合早已事過境遷，但它形塑文化的方式，並非透過急功近利的「速食」策略，而是自然而然的層積。

這些超過百年的咖啡館，身處傳統的古早年代，沒有拍照、沒有打卡、沒有朝聖、沒有煙火，只有點滴於時光裡的細水長流，卻因此日積月累匯聚成浩瀚江河。

我曾經到過一家咖啡館，急欲塑造藝文形象，牆壁上陳列著許多名人親筆簽名的咖啡杯，連我這種因為臨時赴朋友之約而前往的訪客，都被店家熱情邀請在其中的一只咖啡杯上，簽名留念。

> 咖啡，永遠不只是咖啡。還包括：
> 調製咖啡的咖啡師、喝咖啡的顧客，
> 還有每一個人在每一杯咖啡之間，所交換的故事。

對我來說，只是「到此一遊」，對其他消費者而言，是不是有「不虛此行」的感動呢？可能就見仁見智了。

有名人簽名的咖啡杯，被供奉在牆面上，變成裝潢的一部分，它究竟是行銷的噱頭，或是人文的深耕，只能留待歲月長廊讓時間去證明。

咖啡，永遠不只是咖啡。雖然，咖啡館最重要的主角是咖啡；但是，之所以讓咖啡顯得如此重要、且蘊含豐富意義的，其實包括：調製咖啡的咖啡師、喝咖啡的顧客，還有這裡的每一個人在每一杯咖啡之間，所交換的故事。

在任何一家咖啡館裡，眼前所見，都只是流動的風景；唯有真實的故事，能深植人心。

沒有一個人，可以隨著咖啡館百年留存，即使是咖啡館的老闆、員工，或是長期光臨的顧客，也都只是時空裡的過客。咖啡館裡最珍貴的風景，再怎麼美麗精彩，也都僅止於一時的因緣聚合。喝完咖啡，人走了，燈熄了，空空蕩蕩的咖啡館，緊閉著漆黑黑的夜，寂然訴說著屬於它的心情。

即使有一天，這家咖啡館永遠打烊了，再也不得其門而入，就像在燦爛的星空裡，有一顆星殞落熄滅了。此時，唯有真正鍾情於咖啡的人，會疼痛不捨於失去一個心靈投靠的座標；對於沒有太多情感連結的其他人而言，依然望著滿天閃爍的星星，未必會認真記取所有的曾經。

# 川流不息在咖啡館裡的風景，匯聚成社會文化的縮影

所謂「咖啡文化」，不一定要跟政治、經濟、文學、藝術做深度的結合，才能夠形成。其實反而是最一般的顧客，才是形塑咖啡文化最重要的一部分。

除了非常有特色的獨立咖啡店，我也常常去幾家大型的連鎖咖啡館，有機會觀察到最接地氣的庶民文化。日間的咖啡館，有許多商務人士約客戶談生意，有熟女們在談心聊天，也有些退休的熟齡男女在閱讀書報。儘管經濟不是很景氣，下午時段還是有投資族的聚會。傍晚以後，湧入學生族群，討論課業、做習題、聽音樂、準備考試，常擠滿座位。

我曾經有幾次碰到同樣的狀況，一個學生將書包、筆電等物品堆放座椅或桌面，一個人佔據兩張桌子併成的四個位置。即使很禮貌地對他打招呼：「請問這裡有人坐嗎？」他還是專注地做自己的事，或是以漠然的表情傳達拒絕的意思。不得已之下，只好把咖啡改為外帶。

我並沒有因此而對台灣喝咖啡的人文素養，有任何的失望或批評。畢竟，在幾百次光顧咖啡館的經驗裡，碰到這種情況，可以說是很特殊的個案，頂多就是三到五次，差不多百分之一的機率而已。如果要用這百分之一的機率以偏概全，非但不夠公正客觀，反而印證自己心胸偏狹。

咖啡館，畢竟是公共空間。在這裡流動著多元的選擇、多元的文化。一個人的自私，和另外一個人的包容，會漸漸形成動態式的平衡，慢慢塑造成穩定

在咖啡館裡，閱讀人間百態的容顏。
眾生的臉譜都是時代的標記，
映照出人們心底最深刻、也最誠實的情感。

的氣氛，再慢慢發展成長期的文化。

有一天，在新聞媒體看到一則報導：知名的咖啡連鎖店推出正式公告，歡迎民眾借用洗手間。即使沒有在店內消費，也歡迎。這原本是店家一番美意，但就在新聞發布沒過幾天，我就看到一位導遊將整個旅行團的巴士乘客帶到咖啡館上洗手間，三十幾個人魚貫而入，只為了上廁所。

基於經營的理念，我猜想咖啡館的店長和員工，並無怨言。但導遊和觀光客，如果能夠在借用完洗手間之後，點幾杯咖啡喝，或許是個兩全其美的辦法。既是彼此都為對方多設想一點，也品嚐咖啡與人情的美味。

穿流不息在咖啡館裡的風景，匯聚成社會文化的縮影。匆忙的身影、焦慮的眉頭、渴望的眼神、寂寞的語言、孤獨的姿態、舒適的伸展、自在的閒坐、滿足的笑意、感恩的幸福⋯⋯，我常喜歡在不同咖啡館或大或小的方寸之間，閱讀人間百態的容顏。眾生的臉譜都是時代的標記，映照出人們心底最深刻、也最誠實的情感。

而我，也身在其中。既是共生，也是共業。來自不同生活領域的兩個人，在同一家咖啡館，點了同一款單品咖啡，很有可能喝到同一個產區、同一棵樹的果實。即使離開咖啡館後，彼此錯身而去，緣分卻已經在此連結過了。

咖啡是你、咖啡是我，你和我都是文化的一部分，無庸置疑的生命共同體。

BLACK GOLD
Greeting
Coffee stand
致敬經典手沖組
OKLAO

開店

讓夢想不留遺憾

# 真正的夢想，不會只是自己的欲望，還會滿足別人的需求。

想開一家咖啡館嗎？
記得，對自己的生命負責，
為別人的需要承擔。

# 創業，不只要有熱情，還要有強烈企圖與承擔

開一家咖啡館，是很多人的夢想。

有些人，想要在年輕的時候就築夢；有些人，上了大半輩子的班，忍辱負重般地，希望在退休的時候，能夠開一間咖啡館，在人生下半場為自己圓夢。

偏偏，「喜歡喝咖啡」和「做咖啡給別人喝」，是截然不同的專業。更何況，開咖啡館，絕對不只是做一杯咖啡招待一個人喝而已；有可能生意好的時候，光是一個早上，就要做好幾十杯咖啡，若欠缺堅定的信念，即使有再大的樂趣，都會因為忙碌不堪而變成折磨。

若一切假手於他人，單純只做一位出錢的老闆，把經營咖啡館當作投資的事業，也許並不明智。因為，用相同的資金去做其他會賺錢的事業，獲利可能會比開咖啡館更快、更多。

我所認識一些開咖啡館的老闆，很少人是為了「賺錢」這個單一目標而創業，通常都是對咖啡有一定程度的堅持、熱情和期待，才會投入這個夢想行業。

而這一份熱愛，究竟是夢想，還是理想，或者根本就只是幻想呢？

之前參與製播的網路節目《別鬧了，台灣人！》，製作團隊曾經深度探討過創業這個主題，在隨機街訪調查中，訪問到台灣年輕人，最想開的居然就是咖啡店，名列第一。但根據經濟部主管單位的統計，維持不到一年就倒閉的店家，比例也高得驚人。

> 忠於自己的熱情，並且拿出勇氣，
> 對自己的人生做出不同的選擇。

開咖啡店，光有興趣與熱情是不夠的；你必須要有非常強烈的動機，起心動念很重要。我訪談過在咖啡領域中能夠創業成功的老闆，大部分都具備非常強烈的企圖心。

我正巧認識兩位原本服務於科技業的朋友，他們來自不同的背景、在不同的縣市上班，當時因為對於咖啡的熱愛，便離開科技界，開設屬於自己的咖啡館。

媒體採訪報導時，總喜歡用類似「科技新貴放棄高薪，開創夢想咖啡館」這樣的標題吸引讀者；但這兩位彼此互不認識的朋友，都異口同聲地對這樣的說法不以為然。在他們的心目中，科技業是一份工作，開立咖啡館也是一份工作，兩者並沒有貴賤之分。

對他們而言，放棄科技新貴的頭銜並不可惜，他們內心最珍貴的，是忠於自己的熱情，並且拿出勇氣，對自己的人生做出不同的選擇。

對自己的選擇負責，為自己圓夢，是一件非常有勇氣的事。而我認識另外一位咖啡館的創辦人，她是一位老師，開設咖啡館的理由，並不是為了自己的興趣，而是替母親完成遺願。

她在陪伴生病母親臨終的過程中，知道母親最大的牽掛，是家裡最小的弟弟，事業與婚姻都還沒有著落。身為長姊的她，答應母親幫助弟弟學得一技之長，為弟弟開一家咖啡館，讓他擁有自己可以營生的事業。很幸運地，他的弟弟非常認真投入，把自家的小小咖啡館經營得有聲有色。

我認識的咖啡達人或老闆，每個人開設咖啡館的動機或許不一樣，每個人的夢想也都不相同；但對於咖啡的熱愛，以及對自己生命負責、為別人需要承擔的態度，都令我非常感動。

《別鬧了，台灣人！》談開咖啡館創業

## 夢想的立足點是：
## 先為自己的知識與技能做好準備

如果你真的有志於開一家咖啡館，可以先從專業咖啡店的工作人員做起。只要有機會站在吧檯上服務，至少你可以練就咖啡的基本知識與技能，也能夠累積跟顧客互動的經驗。對於將來要開店的你來說，是一項非常寶貴的資產。

目前台灣的咖啡館，最常發生的經營難題，就是吧檯人員的流動快速。很多對咖啡有興趣的年輕朋友，歷練半年到一年的時間後，儘管知識與技能都還不夠成熟，卻認為自己已經具備相當的條件。一旦看不到立刻升遷的機會，薪資也沒有如理想中增加，就會有轉職，甚至是創業的念頭。

這是個惡性循環的開始，造成許多咖啡館經營者的難題——必須一直不斷地訓練新的人員。面對才剛剛上手的工作人員，很快就要離開，不但是人才的折損，也是士氣的打擊。

台灣某一家咖啡連鎖店，在一年之內快速展店。儘管經營者非常有決心，也有充分的資金和不錯的理念，店內的咖啡品項和簡餐設計迅速就位；但我很明顯地觀察到，服務人員的能力跟數量，顯得不足。

有一次我站在吧檯前，看著選單上的飲料，接受店員的推薦，點了單品手沖咖啡。他也善意地提醒我：「因為是手沖的緣故，必須要多等一段時間。」

接受建議之後，我便耐心地在吧檯旁邊等候。觀察到站在吧檯上，正在為我沖煮咖啡的，是一個完全沒有經驗的新手。他連我所點選的單品咖啡放在哪一個罐子，都搞不清楚。

接下來，從煮水、測水溫、注水、萃取，每一個步驟都十分慌亂。儘管旁邊有資深前輩一個口令、一個動作，一步一步地指導，他還是做錯很多的動作、弄錯部分的程序。

身為咖啡愛好者的我，比一般顧客更有耐心，也更有誠意，一邊等候、一邊觀摩，也希望透過自己比別人多一點的容忍度，去成就一個新進咖啡人員的學習之旅。但是，如果站在企管顧問嚴格的要求標準來看，這樣的咖啡店經營，是不合常規的。

固然可以訓練新手，讓他以最快的速度學習與成長。但每一個站在咖啡吧檯上的人員，都必須要有足夠的專業技術，才能夠讓連鎖店的每一家分店，乃至於所有的連鎖店，都提供一致性標準的服務。

從這些親身經驗，更可以回應一個事實：開一家咖啡店，真的不能只是夢想而已。任何一個想要自己做老闆的咖啡愛好者，都必須要有足夠的準備與充分的學習。

每一個站在咖啡吧檯上的人員，
都必須要有足夠的專業技術，
才能提供一致性標準的服務。

# 最大的願力，不是私心，而是要能成就別人

開店的成功之道，絕對不會只是因為「不想上班」而已！要開咖啡館，最關鍵必備的條件是：咖啡的基本知識與技能。

我有一次前往花蓮演講的路途上，認識一位旅遊業小開。他不想繼承父親經營的事業，卻對咖啡有興趣。父親拿他沒辦法，提供資金、機器設備，並透過生意上的人脈，介紹咖啡豆貿易商與顧客，算是給他創業的大禮。

他就在家裡透天厝中的一個樓層，做起烘焙咖啡的生意。因為父親的人脈夠廣，創業初期就把咖啡豆順利賣出。

聊天中，他知道我已經取得咖啡師的證照，特別送幾包他所烘焙不同風味的咖啡豆讓我品嚐，請我給他意見。

為了能夠給他客觀的建議，我特別將這些咖啡豆再分裝，送去給五位我熟悉的咖啡烘焙專家鑑定。結果我們得到共同的答案：他的咖啡豆沒有完全烤熟。

可以想見，他的生意模式，初期只能透過人脈，賣給不懂咖啡的人。

所幸這位年輕朋友非常謙虛，願意接受建議，放下企業家二代的身段，從烘焙的基礎課程開始學起。幾個月之後，他也通過烘焙師證照的考試，逐步走上咖啡專業這一條路。

自從我開始研習咖啡後，有很多親友、聽眾和讀者，也都會問我：「你將

將自己的夢想，擴展為大家的夢想，
創業與經營，才會更有力量。

來會不會想要開一家屬於自己的咖啡館呢？」

其實在此之前，我並沒有任何要或不要的想法。隨著工作領域的拓展，思考更長遠的人生規劃，當然還有不斷被追問的鼓勵之下，對於這個問題，我終於開始認真思量。

雖然到目前為止尚未有非常具體的答案，但是我非常確定：如果有一天，我開了一家屬於自己的夢想咖啡館，我的起心動念，就絕對不是為自己而已。

我希望這一家咖啡館，可以有機會透過工作的安排，招募到對咖啡真正有熱情的年輕朋友，經由在職訓練，讓他們成為具備足夠專業知識的咖啡職人。當然很重要的，他們的專業也必須能夠滿足所有愛好咖啡者的需求。

我深信，不管是咖啡店，或任何一個行業也好，創業的目的，絕對不該只是滿足創業者自己的私欲，無論是金錢名聲或雄心壯志。成功的創業者，在自己的需要之外，更重要的是去成就別人。

不管任何人開任何店，在那個成形的夢想裡，不會只有自己一個人私心的想法而已。如果能夠將自己的夢想，擴展為大家的夢想，創業與經營，才會更有力量。

有願，就有力！願望有多大，力量就有多大。

# 開咖啡館前，一定要想的三件事？

開設咖啡館，起心動念很重要！進入經營層面時，還有三個最重要的成功因素，最好在正式創業前能有所準備：第一、地點選擇；第二、成本控制；第三、經營特色。

在選擇地點時，考量租金，確實會令創業者很掙扎。但基於企管顧問多年的經驗，我建議想要開店的朋友：在可以承擔的範圍之內，盡量選租金稍高的地點。

租金高，代表人潮多。在開店之前，最好在平日與假日、白天及夜間、晴天和雨天，都到你有意開設咖啡館的地點，留意一下人潮。

好的地點，決定成敗一半以上的因素。

第二個要留意的因素是：成本控制。

雖然開咖啡館，是一個充滿夢想的行業。但別忘了：夢想，是浪漫的；經營，卻是理智的。

許多開店失敗的業主，多半是只看到營收，而沒有認真概算成本。生意不好，沒辦法賺錢，這是所有人都能夠理解的事實；但令很多人想不透的是：為什麼生意這麼好，卻還是虧本？

租金成本、人力成本、材料成本、水電瓦斯等每項支出，都是成本，甚至你的時間和青春，也是機會成本。你必須先要有成本觀念，進來的每一位客人的消費，才有轉化為利潤的可能。否則，生意愈好，虧愈多！

第三個很重要的因素是：形塑與眾不同的經營特色。

便宜，是個特色；昂貴，也可能是一個特色。

咖啡的來源，是個特色；沖煮咖啡的手藝，也可能是一個特色。

親切服務的態度，是個特色；臭臉冷漠，也可能是一個特色。

不同的特色，會吸引到不同的族群。但不是所有的客層，都能讓你獲利。

比較簡單的邏輯是：你想要吸引的族群量體，是不是足夠大到撐起營業的金額，再扣除成本之後，讓你依然能夠獲利。

www.oklaocoffee.com

公益

從大地來的就該回歸自然

# 主動付出的人，應該誠懇、虔敬地感激對方願意接受的勇氣。

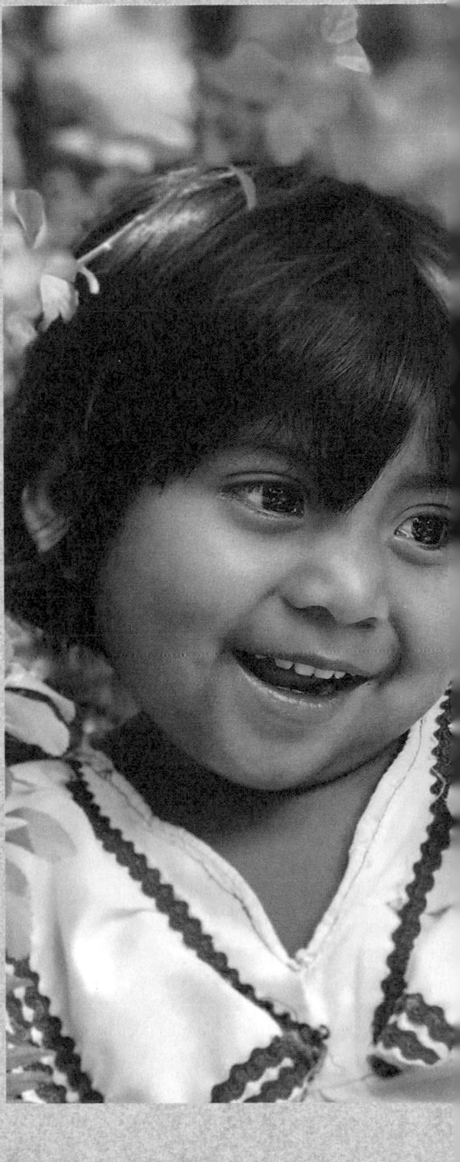

孩子們露出天真又靦腆的笑容，
幸好語言無法溝通的善意，
還能夠透過表情與手勢傳達。

## 「神父咖啡」慈悲的甘美

市面上強調有機農法的精品咖啡，通常都價值不菲。一杯咖啡的售價，平均新台幣兩百到五百元，都有得賣。

這些咖啡的來源，除了知名莊園所出產之外，有一些則來自產區當地的小農。

大型的咖啡莊園，其實都有它企業化經營的成功模式；但是對一般「手無寸鐵」的小農來說，往往他們有的只是一畝地，以及自己勤快的雙手，辛勤地栽種咖啡，產銷規模難以和知名的莊園相提並論。

之前，我喝過一款風味獨具的咖啡，當時曾特別留意這款咖啡取名為「神父咖啡」。喝的時候，沒有多問，只覺得這款咖啡正如其名，帶著一種宗教與慈悲的甘美。

「神父咖啡」擁有明亮的果香風味，在不同階段的酸質表現十分恰到好處，中後段還帶有巧克力的味道，相當迷人。

一直到我前往中南美洲產區，才知道：原來這是來自一位天主教神父的善心義舉。

這位神父看到當地許多小農辛苦種植咖啡後，卻因為沒有自己的處理廠，也缺乏適當的行銷管道，而無法讓優質的咖啡豆，以更有效的方式打入國際市場。

這世間最美的付出，往往不是只為自己的利益，
同時可以成就他人的夢想。

於是，他就運用在地的資源與管道，整合超過六十家小農的力量，與台商合作，一起研發更好的品種，分享更有效的栽種方式，再集中處理同一個產區的咖啡豆。這批咖啡豆，因此直接將它命名為「神父咖啡」！

說起來容易，做起來並不簡單。小農之間必須要有足夠的理解與信任，而且在採收咖啡送達處理中心時，也必須要趕時間、搶時效。神父還要積極地與台商的銷售管道保持聯絡，共同為小農們爭取到合理的價位，避免了層層剝削，創造彼此雙贏的局面。

經過這幾年的努力，「神父咖啡」終於得到政府補助，建設屬於自己的處理場。加上台灣專業咖啡團隊的協助之下，對於咖啡的種植與處理，都有跳躍式的提升。讓這個真實故事，成為品牌的傳奇。

從一個小小產區的咖啡豆，就可以體會到：這世間最美的付出，往往不是只為自己的利益，同時可以成就他人的夢想。

# 那天真靦腆的笑容，是農場上美麗的彩虹

在中南美洲深山裡，如墨般黑的夜色中，還有幾盞聚落的燈光，閃爍溫暖的光芒。

我隨團前往山區深入拜訪，發現那是當地土著印第安人居住之處。小小的社區裡，只有幾棟簡單的房舍，卻是他們生生世世安身立命的所在。這裡有宿舍，有學校，有簡易的健康醫療中心、織布裁縫的工廠，麻雀雖小，五臟俱全。當地的咖啡莊園，因為咖啡的種植、採收與處理，需要龐大的人力，而當地的印第安土著，在人力資源上扮演了重要的角色。這些印地安婦女，還會利用農暇兼做副業，縫製精美的布織品，銷售給為數不多的觀光客。

咖啡產區的觀光客，往往都是採購咖啡的業者，像候鳥般一年只來一次，他們卻以最大的熱情，招呼這些順道而來訪視的賓客。

我很慶幸自己隨團而至，因為同行的咖啡專家，都非常有愛心，樂於投入公益。除了採購優質的咖啡，也願意貢獻自己的力量，幫助這些農民。不但給予他們生活與教育的支持，同時在風災或土石流發生的時候，以金錢和物資贊助，協助他們造橋鋪路，修復家園。

在寮國的咖啡農場，我也看到台商為改善當地居民的生活，減少疾病流傳，主動出資為他們開挖水井，淨化水源。雖然只有少數幾位台商的義舉，卻

手心向下並沒有比手心向上更高貴或更慈悲，
是因為對方願意接受的勇氣，
才讓這份美好在彼此之間交流。

發揮了巨大的力量。

除了為當地居民挖水井，架設水源輸送管道；最近這幾年，更出資為他們建造學校，讓孩子們都有機會可以接受教育。

當地的農民和孩童，都非常純樸。我隨團前往偏僻的社區，帶著物資準備發送給鄉民。我從小貨車上搬下來，從台灣募集過去要捐贈的糖果、餅乾、文具、衣物……，孩子們一開始的時候，都好奇地露出天真又靦腆的笑容；但是，當我要把禮物遞給他們時，卻立刻紛紛走避，不好意思接受陌生人的贈禮。

幸好語言無法溝通的善意，還能夠透過表情與手勢傳達。在互動一段時間後，終於能夠將物資發放出去。

我因此深深體會到，手心向下並沒有比手心向上更高貴或更慈悲，主動付出的人更應該誠懇、虔敬地感激，是因為對方願意接受的勇氣，才讓這份美好在彼此之間交流。

# 最寶貴的付出，其實是培植對方的能力

隨著咖啡的日漸普及，「公平交易」觀念也愈來愈受到重視。因為咖啡耕種是屬於勞力密集的農業，而且歷史上許多主要的咖啡生產國，都曾經受到帝國主義的迫害，有些大規模的莊園由白人主導經營權，當地的農民很容易淪為血汗工人。

雖然這段歷史已經成為過去，但許多當地農民的生活，確實並沒有大幅的改善。許多小農的收入，仍處於貧窮線之下，沒有辦法擺脫經濟弱勢的惡性循環。

所謂「咖啡公平交易」，其實就是人道考量，以及市場永續經營，所發展出來的機制，讓咖啡小農可以受到照顧。

許多咖啡豆標榜是「公平交易」產物，似乎代表了這些當地的咖啡小農，沒有受到嚴重剝削。但這樣的做法，並非萬靈丹。即使透過公平貿易組織，表面上保障了咖啡豆的最低收購價格，但也有可能因為最低價格的保障，而讓咖啡豆的品質良莠不齊。長期發展下去，就可能進而影響咖啡小農的銷售與收入。

更何況，「公平交易」雖然保障小農在出售咖啡生豆上的價格，但咖啡產業後端真正創造出高附加價值的，如處理、烘焙過程，是小農無法分享到的利益。

為對方真正的需要而付出，不是為自己的私利盤算，
彼此都無愧於相待的善意。

在我隨團參訪咖啡產區的成員中，有幾位是台灣咖啡貿易商的老闆，他們直接深入產地，和咖啡農交易，再以最合宜的價格，賣給需要生豆的廠商，讓消費者可以用相對便宜的價格，品嚐到價值昂貴的精品咖啡。

這些台商還深入產區和當地的農民交流經驗，幫助他們種植出品質更好的咖啡，以滿足市場的需求，提高他們的收入。

我還親眼看到他們教導當地的小農，如何種植、採收，透過技術的分享與培養，提高他們所種植的咖啡品質，再經由嚴密的篩選以獲得標章認證，就可以用高於市價三到五倍的價錢收購。

《老子》有一句話說：「授人以魚，不如授人以漁。」白話翻譯就是：「給他魚吃，不如教他如何捕魚！」在咖啡產區推廣公益，除了免費物資的贈與之外，最寶貴的付出，其實是技術的培植，讓對方擁有生產的能力，正如同這句名言的哲理。

在商業發達的年代，有時候公益和行銷似乎難以劃清界線，但其實最關鍵的判斷標準是：起心動念。只要最初的發心，是為對方真正的需要而付出，不是為自己的私利盤算，最後得到兩全其美的結果，彼此都無愧於相待的善意。

## 濾杯裡面一條一條的，有什麼作用？

那是俗稱的肋骨或肋柱哦！是為了讓濾紙與濾器保留適當的空隙，提供水流的路徑。不同的設計，會造就截然不同的咖啡風味。

**KONO 圓形濾杯：**

有 12 條肋骨，且肋骨設計較短，水流路徑主要在下半部，上半部使熱水服貼在濾器上，不易滲出，可停留久一點慢慢釋放風味，適合沖煮中深焙或厚重口感的咖啡。

**V60 圓錐濾杯：**

密集的圓弧長溝槽設計，增加濾杯的熱水流速，萃取的咖啡風味甘甜清爽。

**三洋葵花濾杯：**

別致的花型直線肋骨設計，密實且立體，撐開更多的縫隙，形成空氣層使咖啡粉充分悶蒸、膨脹。接近底部約 0.2 公分便收起肋骨，讓濾紙與濾杯呈現密合，壓抑萃取速度使流速慢些，能呈現風味明亮的咖啡滋味。

V60 風味酸香鮮明，三洋風味甜感效果佳，KONO 風味層次變化較大。

**醜小鴨濾杯：**

肋骨首創上粗下細的設計，讓濾紙在遇水貼近肋骨時，會因水量不同而貼合度不同，有效控制水位下降速度，讓濾紙裡的每個咖啡顆粒可以完整跟熱水結合，口感濃郁，風味多樣化。

靈
性

藏在咖啡裡的宇宙密碼

# 每喝完一杯咖啡，都是一次生死輪迴。既是咖啡的涅槃，也是我的寂滅。

任火山紅土灰塵覆蓋鞋尖，
穿梭在滿山遍野的咖啡林當中，
我真的只剩下自己，彷彿也不是真正的自己。

# 我探訪的不只是咖啡，而是內在的心靈

愈是深刻的旅程，往往隨著旅行結束後的時間推延，記憶中的畫面愈是會慢慢變得更清晰。

為了研習咖啡，我曾經展開兩趟深入產地的旅程。前往位於寮國的咖啡農場，算是一趟啟蒙之旅；再出發到中南美洲的莊園，則是一次朝聖之旅。回來之後，才知道我探訪的不只是咖啡，而是自己內在的心靈。

我的兩次咖啡研習之旅，路程都非常艱辛，所有食宿的條件，完全無法跟一般觀光旅遊團相比。每天都是跟著當地人，吃著當地的餐飲。出發前就耳聞，在中美洲，三餐都是紅豆飯與炸香蕉。同團學伴帶去的台灣泡麵與零食，既滿足嘴饞、補充溫飽，也療癒鄉愁。

偶爾在某些行程中，接受咖啡農場主人熱情的款待，光是吐司夾烤肉，就已經是令旅人垂涎三尺的豐盛大餐。中間沒有任何的採購行程，也沒有市區觀光，頂多就是在用餐時間之餘逛逛附近的商店，或是長途公路上小小的休息站，短短幾分鐘的時間，看看當地人的民生日常。

每天早出晚歸，長途跋涉，奔波在曲折的產業道路上。大約都是黎明即起，清晨六點早餐後出發，前往海拔超過一千五百公尺左右的高山，然後從這座山，繞個彎，接著又到那座山。

上午晴空萬里，下午雲霧飄渺，驟然滂沱大雨，夜間星光燦爛。身處最適

身處最適合栽植咖啡的微型氣候裡，
有如動態修行般在咖啡園林之中，
用汗水洗滌身心，因此更接近靈性。

合栽植咖啡的微型氣候裡，終日遠離滾滾紅塵，有如動態修行般在咖啡園林之中，用汗水洗滌身心，因此更接近內在的靈性。

還記得同行的朋友開玩笑說：「我們都來到巴拿馬了，怎麼連巴拿馬運河都沒看過？」一像是一句帶著遺憾的抱怨，卻更是一種專注於夢想的投入。

若能夠邊學邊玩，固然輕鬆有趣；但一路學習，沒有玩樂，肯定更加刻骨銘心。

於是在緊湊的學習旅程中，偶有一兩件可以列為休閒的小事，就讓整團的學員雀躍不已。

在哥斯大黎加，留宿於山莊小木屋，夜間氣溫很低，冷到大約只有攝氏七度。睡前山莊主人告知，隔天一定要黎明早起，趁太陽東昇之前，有機會可以看到在當地被稱為國鳥的「五色鳥」。乍聽之下，固然令人雀躍期待，但顧念白天已經耗盡體力，隨即變得興致缺缺。在疲累的旅行中，最重要的就是睡眠啊。

「寧願多睡一會兒，也不要去看什麼五色鳥！」雖然心中嘀咕著抗拒的心情，但是向來隨和的個性，就如自動鬧鐘般，在清晨五點時醒來。

冷得打哆嗦，四肢僵硬到幾乎不聽使喚。還是跟著團員們步行上山，等待五色鳥的出現。

抵達山頭才發現，滿懷期待的不只是我們，甚至還有其他團體，是特別聘僱專業導遊，帶著大砲型的望遠鏡，特別前來觀賞五色鳥的。其中一位專業導遊，還會模仿五色鳥求偶的啼聲，來吸引牠們飛近。

不久之後，果然飛來一隻美麗的五色鳥，穿梭在附近的樹林。無論牠暫時停留在哪個枝頭，賞鳥的人們原本惺忪的睡眼頓時明亮起來，凍到僵硬的雙腿隨著牠的位置移動。而且，親眼目睹還不夠，一定要用手機拍到照片，才覺得不虛此行。

當天這隻善體人意的五色鳥，彷彿專程來讓大家拍照似的，看見這些為牠早起的人們心滿意足後，隨即展翅而去，只留下美麗的倩影，成為這趟朝聖之旅難忘的回憶。

據當地人說，能在此看到五色鳥的機率，就像去北極圈賞極光，機率雖不是非常低，但也要碰碰運氣。失望而歸的，大有人在。

這，就是人生啊！

相對於五色鳥的稀有罕見，比較常見的是體態輕盈的蜂鳥。

這是世界上唯一會倒著飛的鳥，牠的身體輕盈嬌小，翅膀震動的頻率非常快速。眼看著牠在花朵枝葉間覓食，展翅穿梭於不能復返的時光裡倒退飛行，猶如牠美麗的身影和燦爛的花朵，為眾生留下瞬間的永恆。

我們在時光的隧道跋山涉水，
看似為了理想遠走他方，
而旅途中動人的樂章，
往往是記憶的連結。

# 連作夢時都醒著；連醒著也在作夢

哥斯大黎加在前哥倫布時代，就有印第安人居住，是中美洲文明和安第斯文明匯聚的位置。十六世紀，西班牙人征服當地的馬雅人和阿茲台克人，因此西班牙文化也深根於此。直到一九四〇年，才成為獨立的國家。

大概是因為這裡曾經是馬雅文化的起源地之一，學習靈性法則多年的我，甫踏進中美洲的每一寸土地、每一個步伐，都能明顯感覺和自己的靈性更靠近一些，連空氣都特別教人能靜心呼吸。

初抵哥斯大黎加的聖荷西，安頓好行李後，外出吃飯，順路經過歌劇院、中央市集等地，市街上無論新舊建築，都可以看到靈性圖騰的元素。綠意盎然的街道上，即使是熱鬧繁華的商場，依稀流露著純樸的民風。

隨著時空環境的斷然脫離，在此刻此地，我不再是作家、廣播主持人、企管顧問，也不是居家看護。

我，只是我自己。

脫離那些我所熟悉的角色之後，我又剩下些什麼呢？

空空如也的我，每天曝晒於足以穿透衣服、直接親吻皮膚的紫外線，任火山紅土灰塵覆蓋鞋尖，穿梭在滿山遍野的咖啡林當中，我真的只剩下自己，彷彿也不是真正的自己。

莊周夢蝶。真實與虛幻交錯；生活與夢境交錯。兩個世界，都同步在進行。

完全放空舊的自己，清理內在的潛意識，
讓出位置來，給靈性覺醒的空間，
新的自己才能進得來。

兩個我，都是我；也都不盡然是我。或者，他們必須要彼此拼湊起來，還原那個完整的我。

完全放空舊的自己，清理內在的潛意識，讓出位置來，給靈性覺醒的空間，新的自己才能進得來。

那半個多月的時間，除了咖啡，還是咖啡。除了杯測，還是杯測。平均每天要參訪兩到三個咖啡莊園，儘管都只是短短停留兩到三個小時，卻必須完整了解咖啡的品種、種植方式，以及咖啡豆處理的方法。在進行杯測，啜飲每一口咖啡的同時，也在分享著每個農夫一生的努力與夢想。

每喝完一杯咖啡，都是一次生死輪迴。既是咖啡的涅槃，也是我的寂滅。從此之後，我喝的每一口咖啡，都不再只是咖啡，而是更深刻的人生體會，更豐盈的內心世界。

在中美洲的每一天，即使從早到晚喝盡無數杯咖啡，但因為體力的疲累與心靈的豐收，讓我完全突破咖啡因的限制，從來不曾失眠。我知道自己真的是：連作夢時都醒著；連醒著也在作夢。

# 在表面呈現的姿態裡，還有千萬種我所不知道的可能

正因為百分之百專注於咖啡，以至於咖啡不再只是咖啡，而是生命裡的一切。對我來說，這是很有衝擊力的體會，再度印證我之前冥想的經驗。就像是修行過程中短暫閉關的經歷，在練習禪坐時的觀想，愈是集中於自己的眉心，愈專注就愈放鬆。

當心中只有一念，最後連這一念也都沒有了。在愈能夠放下所有虛空的當下，也就是最能夠圓滿自己的時候。

從結束旅行回來到現在，我的真實人生裡又發生了很多的事情，而且是生命巨大的衝擊。但是當驚濤駭浪朝向我撲來，腦海裡的時空依然還留在那片土地，以平行的方式持續進行著，又讓我感覺到無可言喻的平靜。

每天早上，在為自己沖煮一杯咖啡的時候，我的心中總還是會有另外一條線索，同步穿越時空，聯繫著另外一個世界裡面的情境。每一顆豆子、每一種聲響、每一陣風味，都像是輸入靈魂的密碼，既是回憶，也是眺望，一層一層地揭開自己對於所謂人生意義的追尋。

深入產地研習咖啡，了解咖啡的來歷，展望咖啡的未來，彷彿也是把自己從頭到尾又看了一遍。那千山萬水長途跋涉的每一天，過得都像一年。並不是因為艱苦，才覺得度日如年。而是五官六感的深刻與豐富，讓自己在心靈的年輪上，好像與時並進、與日俱增地，一年一年，一圈一圈，看到自己的不同。

五官六感的深刻與豐富，讓自己在心靈的年輪上，
好像與時並進、與日俱增地，
一年一年，一圈一圈，看到自己的不同。

過去的我，對於所有的專業，都具備足夠的敬重與謙卑。但這一趟旅程下來，我對萬事萬物的尊敬與謙卑，已經不是言語、行為或態度上的表現，也不是刻意為了討好對方，而謹記著要放下自己。這一切都不再只是維繫人際關係的策略，而是因為對生命完全地臣服，才能對自己徹底地放下。

以前，我不想評論別人，是怕對方聽了不高興，甚至因此對我產生不好的印象。我現在依然不喜歡評論別人，是因為我真心地知道，自己根本沒有資格。所有對別人的尊敬態度，並不是自我貶抑，而是打從心裡知道，對方表面所呈現的姿態裡，還有千萬種我所不知道的可能。

就像眼前的這一杯咖啡，哪怕它只是最廉價的咖啡，每當我想起產地裡農民用粗糙的雙手栽植，千辛萬苦地趕忙採收，是為了在落日前運送到交易中心出售，讓咖啡得以在最新鮮的狀況下被妥善處理，我的內心就會升起無限的虔敬。

哪怕這位農民因為栽植的技術不夠、採收的時間緊迫，而讓一顆不是很完美的咖啡豆流入市場，進入了眼前的咖啡杯裡，我還是會好好珍惜這得之不易的因緣。

千里相會！如果人與咖啡的關係如此，身為萬物之靈的人與人之間，有什麼好惡意挑剔、不能包容的呢？

人生的璀璨，
就在於每一刻的盡其在我。
如同每一杯咖啡的萃取，
我們都只能純粹、只能盡力，
讓經歷每一刻的自我，
沒有白活。

# 咖啡豆二三事

**可以放多久？**

深焙豆，二氧化碳揮發得快，建議保存期三個月、賞味期一個半月。淺焙豆，密度高，揮發得慢，保存期六個月，最佳賞味期是二個月。

**如何保存？**

跟茶葉一樣，避免高溫、高濕、陽光照射，最好是放在不透明的密封罐裡，或是裝在鋁袋，用密封棒封起來。

**要不要放冰箱？**

咖啡豆烘烤後，裡面就是類似蜂巢般的孔洞，會吸附水氣、異味，所以即使放冰箱也會變質，儘早在新鮮時喝完。如果買大包的分量，可以分裝於小包裝的夾鏈袋裡，放在保鮮盒冷凍（不能放在冷藏室），一次只拿一小包，可以放半年。

**養豆和醒豆是必須的嗎？**

咖啡烘好後雖然香氣十足，但是沖煮出來喉韻差，甚至有生澀感，這是因為豆子在烘焙時，跟鍋爐間會產生雜味和燥氣，要一段時間讓豆子呼吸，把這些雜味燥氣排出，口感才會圓潤。一般建議淺焙的養豆時間約 7 天、中焙 5 天、深焙 3 天。

醒豆是在咖啡豆研磨後、沖煮前，把咖啡粉上下攪拌，讓豆子裡頭殘餘的二氧化碳釋出，讓風味更圓潤順口。悶蒸就是醒豆的作用，如果養豆時間不足，雜味燥氣多，可以讓醒豆的時間加長，或是多攪拌幾下。但若醒豆時間太長，香氣和風味也會流失。

終章

不是另一次旅行的開始

# 前一刻，已經結束。
# 下一刻，還沒開始。
# 處於當下的自己，
# 既是有始有終，
# 也是無始無終。

就像是來到你面前的每一杯咖啡，
從不為世人的評論，而改變自己開花結果的初衷
——為了與你相遇，它於是成為最獨特的自己。

## 體驗所有的相遇，見識意料之外的美麗風景

研習咖啡，報考SCA專業咖啡師證照；學習心理諮詢，報考中國心理諮詢師證照；研究靈性療癒，通過美國療癒師證照；乃至後來定期做重力訓練，重新學習書法，又開始拜師苦練上大學後漸漸生疏的吉他……

當時，只是想著要把握可以學習的機會，想到就去做；現在回頭看，原來這些都是我人生下半場，重新啟動自己的方式。

在熟年之後，可以讓自己歸零，並不只是一個觀念、一個想法、一個口號，而是每一天都要有具體的行動。

坦白說，去做以上這些事，都不在我先前人生規劃的藍圖裡。

我必須承認，自從脫離青少年灰敗的歲月之後，對每件事情開始有異於常人的規劃與努力。曾因為這樣的特質，得到心想事成的結果，於是事先排滿密密麻麻的行程，再逐一核對詳詳細細的進度，因為忙碌而安心的感覺，讓我愈來愈上癮。

表面上是按照計畫做很多事，實際上我因此錯過了更多計畫之外的風景。

人到熟年，有所深刻反省：我怎麼會變成這樣？

本來以為是受到大學時期企管教育的影響，以「分析」、「規劃」、「控制」為經營管理邏輯思維的主軸，耳濡目染、循序漸進，不知不覺把這些「套路」都應用到自己的人生裡。

重新歸零，再次啟動，所有的學習，都是樂趣。
無為，並非對一切無所作為，
而是盡分隨緣，不再對自己的掌控欲望有太多的執著。

循著足印回頭探望，發現內在更深藏不露的恐懼。是因為過度欠缺安全，才變得如此善於規劃，並且有超乎常人的毅力，去把每一件計畫好的事情，徹底執行完畢。但經歷過人生許多的事情，我慢慢知道，這麼善於規劃與控制，其實是基於內心深度的不安全感。

一直到經歷父親過世的哀痛、陪伴母親病苦的煎熬、友誼與情感的起落，太多「人算不如天算」的遭遇，學會從「一切可以操之在己」的人生觀裡重新釋放自己，學習臣服於宇宙更高的智慧，相信有些計畫之外的遭遇，是高靈自有祂的安排。

重新歸零，再次啟動，所有的學習，都是樂趣。無為，並非對一切無所作為，而是盡分隨緣，不再對自己的掌控欲望有太多的執著。

於是慢慢放鬆，學習隨遇而安，即使偶爾離開生命的主要幹道，漫步來到旅途之外的旁支小徑，都能打開五官六感，體驗所有的相遇。於是，有機會碰到不在計畫內的行程，我非但沒有排拒，反而更敞開胸懷、邁開腳步前往，見識到意料之外的美麗風景。

# 生命裡第一個教我什麼是愛的人

從喝咖啡，到認識咖啡，再深度研究咖啡，表面上看起來是我生命中一次又一次意外的旅行，卻又像是醞釀多年的命中注定。

尤其，前往中南美洲產區，展開半個多月的研習，是一趟心靈的朝聖之旅。啟程後的每一個腳步、每一道窗景、每一片藍天、每一棵綠樹、每一寸塵土，前世今生般的熟悉，似乎都在印證這一切是來自靈性的召喚。每往前走一步，就更深入地往我的內心踏進一步。

在到訪中南美洲之前，我也曾經因為學習咖啡的機緣，而到寮國的咖啡農場短暫停留五天。前後相隔一年的時間，讓旅行途中經歷的點點滴滴，有足夠的時間沉潛。

深入產區實地參訪，我常漫步咖啡樹林，與農夫一起面對他們賴以維生的土地，以及土地上的春夏秋冬、晴雨晨昏，彷彿重返童年的情景，隨時和天真無邪的自己重逢。

咖啡，引導我前往不同的世界，經歷不同的緣分；但每一次的探訪，都帶領我的心，回到童年的故鄉。

在山林間有清新的空氣、肥沃的泥土、日夜的溫差、清晨的薄霧、日間的烈陽、午後的大雨、傍晚的涼風、夜裡的微寒，彷彿都在身經百戰的人生中場，提醒我返璞歸真，保留當初最單純的自己。

在與往事逐一和解的過程，
總是會不斷碰觸成長歲月中，
最溫柔和最痛苦的過去。

那是飽經世事滄桑的我，和自己內在小孩的對話。人到熟年，在與往事逐一和解的過程，總是會不斷碰觸成長歲月中，最溫柔和最痛苦的過去。而學會放下的每一刻，能支持我繼續勇敢的，是生命裡第一個教我什麼是愛的男人。

這一生和我形影不離時光最久的，必定是我的母親；而和我心靈距離最近的，卻是我的父親。患有重聽的他，始終沉默寡言。正因為如此，父子共處四十年的溝通，無聲勝有聲。世界上，最懂你的，是不用說話也知道你在想什麼的人。

幼年時期，脾氣和順的我，偶有任性的時候，父親從不說教，也不打罵。我把自己關在房間裡不肯出去，吃飯時間到了，他就默默站在門口等我。有一次，我耍性子不肯跟隨家人到親戚家，一路哭鬧，堅持不願進門，他索性把我背起來，轉身往外走，在田間慢慢散步。淚眼矇矓的視野，只有父親的肩膀。是那一幕，教會我長大後也要成為別人的依靠。

父親走得突然，在我年屆不惑的初夏，悲傷掩沒了那一季的蟬鳴。頓時，我也再聽不見世界的喧譁，只剩最深沉的寂靜。

他離開得愈久，我追隨他的腳步愈遠。十幾年來，我拜訪他的老友，去他想去而沒去成的地方，甚至回一趟福建紹安，充滿他童年回憶的故鄉。坐在老宅長廊，和他的兄弟家人對話，垂垂老矣的長輩們兒孫滿堂，而我形單影隻的行囊裡，只有父親的遺愛為伴。

乃至於我走在深山的產區中，種植咖啡的農田裡，依稀都嗅聞到五歲那年日式宿舍的榻榻米稻草的氣味，伴隨著飛利浦濾泡壺飄出的咖啡香。

以平行時空方式，來回挪移之間，讓自己比較自在從容地去面對人生種種的無常。

原來那個少年的我，一直沒有離開。他曾經為賦新詞強說愁，也曾站在生命的叉路口不知所措，儘管遍體鱗傷，依然對生命的出口，有最美好的渴求。而他也在經過無數次的自我療癒之後，如今能夠和我一起對坐，喝一杯咖啡，直接對著往事微笑泯恩仇。

朝陽夕霧、晨風宿雨，
默默承載枝葉，靜靜開花結果，
才有機會經歷千山萬水，
化為口中的涓滴汁液，
和你的味蕾與記憶纏綿不休。

# 每一個人的生命，就像是一顆咖啡豆

很多朋友對我相當好奇，甚至感到懷疑。他們常常戲稱身兼數職的我，是「最資深的斜槓青年」，包括：廣播主持、寫作、演講、授課，兼職錄製有聲課程、影音節目，照顧母親生活起居與就醫，還要當朋友、讀者、聽眾的心情垃圾桶……，怎麼有可能分身去做這麼多事情呢？

我確實因為要做這麼多事情，每天忙到不可開交；但正因為如此，我比一般人更重視時間，更珍惜每一刻。

對我來說，時間管理最重要的秘訣是：不要把時間浪費在任何一件不需要花心力去處理的事情上。所以，我盡量讓自己的人生裡沒有抱怨、沒有訴苦、沒有批評別人、沒有談論是非，甚至容不下任何負面的思維。

現代人的生活都非常忙碌，只要不是下班之後窩在沙發上當馬鈴薯，不要只是藉由膚淺的娛樂麻痺消磨，騰出以上的這些時間，就可以拿來做很多對自己有意義、對別人有幫助的事情。

在研習咖啡與報考證照的路途中，認識來自台灣與外國不同領域的咖啡達人，曾經因為患難與共、朝夕相處，而成為默契極佳的好朋友。儘管因為彼此各忙各的工作，無法經常問候聯繫，但透過網路上的社交平台，總能夠了解對方的動向。看到夥伴每日精進，也提醒自己不能夠懈怠。

其中有一位是咖啡店的老闆，已經擴展成三家店面；一位是跟我一起考上

原來只要願意踏實地努力，
不論你出發的時刻，有多少人不看好，
你都可以繞過世界的盡頭回來，得到一個足以刮目相看的自己。

咖啡師證照的吧檯手，已經晉級到國際性比賽的優勝；也有人離開原本以為是夢想的空間，勇敢跨出一步後，找到更適合自己發揮的舞台；還有人按下工作的暫停鍵，出國遊學打工，一年後回到台灣，投入更專業的咖啡領域。

原來只要願意踏實地努力，不論你出發的時刻，有多少人不看好，你都可以繞過世界的盡頭回來，得到一個足以刮目相看的自己。

隨著時間的推移、人事的變化，更讓我有感而發地覺察：每一個人的生命，就像是一顆咖啡豆。我們總要千山萬水去尋找自己，用盡各種方法脫胎換骨，冒著粉身碎骨的危險去蛻變，勇敢把經歷過的苦難，都化為甜美的甘泉。

# 人生的璀璨，就在於每一刻的盡其在我

生命的真相，究竟是什麼？

以我的年紀和智慧，還不足以能夠完全解開謎底。我只能在日常中，隨著一杯又一杯的咖啡，去體驗生命在這一刻和那一刻之間的生死輪迴。

以前，我常聽說：「每一個結束，都是另一個開始！」「每一次死亡，都是另一次重生！」但經歷過這些生死大事，現在的我已經沒有如此分明的界線。我只知道：前一刻，已經結束。下一刻，還沒開始。處於當下的自己，既是有始有終，也是無始無終。

人生的璀璨，就在於每一刻的盡其在我。猶如白色咖啡花的綻放，如同紅色咖啡櫻桃的熟成，也如同每一杯咖啡的萃取，我們都只能純粹、只能盡力、只能暢快，讓經歷每一刻的自我，沒有白活。

有一次跟少年時期一起長大、到現在還保持聯絡的朋友，喝咖啡聊天。他要我們各自寫下：有哪些事情，讓自己覺得人生到此刻沒有白活？

剎那之間，我差點交白卷。歲月如駒，將過往奔馳成一縷白煙。如同紅橙黃綠藍靛紫的飛輪，快速轉動之後，只剩一片雪白。

經過他的提示，幫我完成了可能的答案：我曾經在Microsoft微軟公司服務，參與Windows、Word、Excel、PowerPoint這些軟體中文化的工作，改變個人電腦使用的習慣，開啟全新的數位紀元；我寫過超過一百首以上的歌詞，

猶如白色咖啡花的綻放、紅色咖啡櫻桃的熟成，
也如同每一杯咖啡的萃取，我們都只能純粹、盡力，
讓經歷每一刻的自我，沒有白活。

像是〈冬季到台北來看雨〉、〈相思比夢長〉，至今依然傳唱於KTV包廂中；我出版超過一百多本的文字作品；主持廣播節目長達二十年……。他又繼續幫我補充，許多他觀察到、而我自己沒有想過的成果。我也花了一下午的時間，幫他列出許多人生中特別有意義的事情。

結束那次見面，在咖啡館門口道別。我獨自走向捷運站，搭電扶梯緩緩滑動時，再嚴肅地問自己一次：「截至此刻，有哪些事情，讓我覺得自己的人生沒有白活？」直到站在月台邊，捷運即將進站的警示鈴聲響起，嗶、嗶、嗶、嗶、嗶、嗶的音響聲中，突然浮現這個答案：

**我曾經在某些時刻，盡其所能地成為自己。**

就像是來到你面前的每一杯咖啡，不分貴賤、不分好壞、不分酸甜、不分甘苦，它從來不因為世人的評論，而改變自己開花結果的初衷——為了與你相遇，於是它成為最獨特的自己。

現在，這杯咖啡完全屬於你了；而你，也即將與它合一。

## 【感謝我的咖啡好友們】

| | |
|---|---|
| **王信鈞**（執行長） | 感謝你引領我研習咖啡、深入產區，鼓勵我考證照，讓我重新認識其實很勇敢的自己。（附筆感謝寮國基哥接待與教導） |
| 鍾君宜 | 感謝你不厭其煩提供創意與後勤支援。 |
| 王仁裕 | 感謝你提供產區照片，越洋協助審訂文稿。 |
| 連澤仁 | 感謝你一路幫我拍攝很多影片和照片，並提供照片。 |
| 楊家旻 | 感謝你和張崴翰、林俊佑等好友，給我很多協助。 |
| 黃冠傑 老師 | 感謝你示範專家的態度、經營管理的方式，以及多次和品榕、Jessie 專車接送我上課與學習。 |
| Wendy 老師 | 感謝你的耐心教導，詳細解說。 |
| 宛諭 老師 | 感謝你的年少有為，示範新世代的影響力。 |
| 王懋時 老闆 | 感謝你常提供場地，並請黃亦捷教我練拉花。 |
| 江君毅 老闆 | 感謝你和小象等，一路陪伴與鼓勵。 |
| 葉素杏 老師 | 感謝你一直鼓勵我，並請葉大維指導拉花，以及提供豐富而詳實的咖啡知識。 |
| 林欣柔 | 感謝你指導拉花，並不斷展現年輕的勇氣。 |
| 胡小乖 | 感謝你的陪伴與鼓勵，並努力活出你自己。 |
| 周雅婕 | 感謝你的協助，還經常送我好咖啡。 |
| 陳俞嘉 老師 | 感謝 Scott，提供照片，用心經營 mojocoffee，呈現結合藝術與商業的美好。 |
| 黃琳智 老師 | 感謝 Silence，提供醜小鴨的專業建議。 |
| Tiffany 老師 | 感謝你提供書名靈感。 |

## 【特此鳴謝】

歐客佬咖啡國際有限公司

黑金咖啡團隊

**【本書採用照片攝影者索引】**

王仁裕　25、32、33、37、40、42上、43、52下、59、64、72、81、92下、93、97、99右、102、104、105、112、123、126下、185、260、264、285頁

吳若權　53、57、96、99左、107、181、265頁

連澤仁　22-23、74-75、82、83、89、92上、250、251、258頁

陳俞嘉　42下、47、52上、60、65、69、136、160、167、184、200、202下、233、261、272-273、279頁

---

本書部分篇章文末所錄咖啡知識小單元內容，由葉素杏老師提供（第21、73、113、135、271頁），其他取材自網路資料，經由咖啡專業團隊彙整與審定，如有疑義，懇請指正。

國家圖書館出版品預行編目資料

療心咖啡館：吳若權陪你杯測人生風味／
吳若權著. –初版. --臺北市：遠流, 2019.04
面； 公分. --（綠蠹魚叢書；YLNA62）

ISBN 978-957-32-8525-0（平裝）

855 108003811

綠蠹魚叢書YLNA62

# 療心咖啡館

## 吳若權陪你杯測人生風味

作者／吳若權
圖片提供／歐客佬咖啡國際有限公司、王仁裕、吳若權、連澤仁、陳俞嘉

副總編輯／鄭祥琳
行銷企劃／鍾曼靈
美術設計／謝佳穎
執行美編／陳春惠
出版一部總編輯暨總監／王明雪

發行人／王榮文
出版發行／遠流出版事業股份有限公司
地址／臺北市南昌路二段81號6樓
電話／（02）2392-6899 傳真／（02）2392-6658
郵撥／0189456-1

著作權顧問／蕭雄淋律師
2019年4月1日 初版一刷
定價 新台幣420元（缺頁或破損的書・請寄回更換）

ISBN 978-957-32-8525-0

遠流博識網 http://www.ylib.com E-mail: ylib@ylib.com